行色食记

赵红英 著

中国出版集团有限公司
研究出版社

图书在版编目（CIP）数据

行色食记 / 赵红英著. -- 北京：研究出版社，
2023.4
ISBN 978-7-5199-1421-9

Ⅰ.①行… Ⅱ.①赵… Ⅲ.①散文集—中国—当代
Ⅳ.①I267

中国国家版本馆CIP数据核字（2023）第030385号

出 品 人：赵卜慧
出版统筹：丁 波
责任编辑：安玉霞

行色食记

XING SE SHI JI

赵红英　著

研究出版社 出版发行

（100006　北京市东城区灯市口大街100号华腾商务楼）

炫彩（天津）印刷有限责任公司　新华书店经销

2023年4月第1版　2023年4月第1次印刷

开本：880毫米×1230毫米　1/32　印张：10.25

字数：250千字

ISBN 978-7-5199-1421-9　定价：78.00元

电话（010）64217619　64217612（发行部）

走出去，才能看见风景

在路上的感觉，是让我很享受的。

少年时代，我带着父辈"栓住科学"的嘱托，从大西北负笈进京求学；青年时期，在南、北极和青藏高原做科考，饮冰茹蘖十来年，与企鹅、北极熊、藏羚羊做伴，让我对艰苦生活甘之如饴。极地的恶劣气候和野外环境，给我提供了绝佳的苦心志、劳筋骨、饿体肤的体验，心胸自然开阔，也更懂得进退有据。从"仰观宇宙之大，俯察品类之盛"，到"寄蜉蝣于天地，渺沧海之一粟"，深切感悟人与自然相处的哲学。

三十五年前，我开始转战科学传媒领域，正是想挑战自己的潜能，希望看到不一样的风景。我和团队将科普期刊《地理知识》做成了今天的《中国国家地理》，一本有着百万级发行量的科学传媒杂志。这期间，行路万里，叩问天地，遍览风景，通过科学传播引领公众热爱科学并参与其中；因为旗下还有《博物》和《中华遗产》，其新年特辑，便常常是饮食系列，讲述千百年来中国人吃什么、怎么吃、何时吃、用什么吃，十几年下来，我竟也从爱吃苦的理工男转变成了喜美食的爱好者，回归到城市生活的烟火气中来。

城市生活是一个充满魅力而又多维的话题，关乎自然地理、人文地理、历史地理等众多因素，具有良好的自然视野和地理格局观，能让我们对城市和生活的理解有更系统立体的认知。

"水之积也不厚，则其负大舟也无力"，红英师妹，一个白族姑娘，十二岁背下昆明滇池大观楼长楹联，展露了过目不忘的童子功；从大理洱海边走出，九十年代在北师大学习经济地理，后投身于不动产投资，妥妥的理科生，却饱览历史人文，积淀深厚。她对城市人文、历史沿革、地理风物观察入微，远可以引经据典，近则以脚步丈量，文献掌故信手拈来，描摹风物文笔生动，娓娓道来；而谈及美食，则活色生香，直让人垂涎欲滴。从她的文字中读出了画面感，既能一饱眼福，又满足了好奇心，真可谓一趟熨帖且滋味之旅，正是："游目骋怀，足以极视听之娱。"

正如陀思妥耶夫斯基的那句话：爱具体的人，不要爱抽象的人。爱生活，不要爱生活的意义。红英正是这样一个活在当下，热爱生活的人。

俗话说，旅行就是从自己住腻味了的地方，到别人住腻味了的地方去看看。虽说熟悉的地方没有风景，红英所写的这些文字，很多地方我都是去过的，从她的笔端流露出对生活的热爱，以不同视角的细腻表达，还是让我对这些地方产生了新的认识，看到了不一样的风景。

英国登山家乔治·马洛里（George Mallory），二十世纪二十年代参与了头三次攀登珠穆朗玛峰的行动。当被问及为什么要攀登珠峰，他留下名言："因为山就在那里。"二十世纪九十年代初，作为国家南极科考队员，我曾经在南极看到天空中出现了五六个太阳，这种幻日现象让人联想到后羿射日的远古传说。原来天空中出现多个太阳，并非虚无缥缈的神话，而是有一定根据的自然现象，在古人心智认知上的投射。

唯有走出去，亲临现场，才能看见不一样的风景，切身感受世界之大，生活之美，人文之盛。是以为序，愿各位读者能从红英的字里行间，体味人间的飨宴，窥探城市的涵养。

因为，生活就在那里。

李栓科　于京城
二零二二年腊月

目 录

第二部分　飨宴

第三部分　管窥人生

第一部分 行走

浓亦淡来淡也浓——昆明的气质

昆明有点儿像荷兰，地处边缘，但内通外达；曾经彪悍，经过多种文化长期反复叠加，渐渐圆融通和。它善于接纳外来文化，却从未失去自我，失去红土高原的底色。

阳光赐予红土地上的人们自然淳朴的力量，昆明人兼有南人的温润和北人的豪爽，精神层面更松弛、更天然。他们不自大，也不自卑；不保守，也不进取；与自然相融，与命运和解，未富先怡，泰然自洽。

四十还惑，五十不知天命，六十耳逆，不如一路向西去昆明……

大观楼长联

十一二岁时，第一次随父到昆明。少年的记忆，除了西山龙门的高峻、植物研究所的繁花似锦，难得的是远眺滇池，背下了大观楼长联，至今不忘。

大观楼长联

　　遥想当年不过是小和尚念经——有口无心，只得意于近乎过目不忘的记性，并不能领会其中开阔的意象、悠远的叹息、通透的识见。

　　正如张若虚《春江花月夜》孤篇压全唐，孙髯翁的《大观楼长联》一联绝天下，二者均用词精到，意象万千。只是前者似有赵宋风韵，优美婉转，层层升华；后者则有汉唐气象，宏博高远，九九归一。想来该是一方水土养一方人！

　　上联写景：

五百里滇池奔来眼底，披襟岸帻，喜茫茫空阔无边。看：东骧神骏，西翥灵仪，北走蜿蜒，南翔缟素。高人韵士何妨选胜登临。趁蟹屿螺洲，梳裹就风鬟雾鬓；更苹天苇地，点缀些翠羽丹霞。莫辜负：四围香稻，万顷晴沙，九夏芙蓉，三春杨柳。

云贵高原多山，昆明是紧傍滇池的山间盆地（坝子），东西南北各有金马山、碧鸡山、鹤山和蛇山，骧、翥、走、翔四个动词，灵动绝妙，栩栩如生。更兼有五百里滇池奔来，浩浩汤汤，横无际涯。人在景中，心旷神怡。若非胸有丘壑，如何能见这般天地！

下联论史：

数千年往事注到心头，把酒凌虚，叹滚滚英雄谁在？想：汉习楼船，唐标铁柱，宋挥玉斧，元跨革囊。伟烈丰功费尽移山心力。尽珠帘画栋，卷不及暮雨朝云；便断碣残碑，都付与苍烟落照。只赢得：几杵疏钟，半江渔火，两行秋雁，一枕清霜。

"汉习楼船，唐标铁柱，宋挥玉斧，元跨革囊"，四句精练概括了云南与中原时离时归、藕断丝连的历史渊源。

《史记·平准书》记载，公元前 120 年，汉武帝在长安大修昆明池，治楼船，过家家操练水军，梦想打通滇池通往印度的南方丝绸之路。《新唐书·吐蕃列传》记叙公元 707 年吐蕃及姚州

（今楚雄光禄）南蛮挑事儿，唐九征打了胜仗，自建铁柱于滇池以勒功。《资治通鉴·宋纪》则说北宋初年，王全斌既平蜀，欲乘势取云南，但宋太祖忌惮"天宝之祸，起于云南"，遂用玉斧在地图上把大渡河以西砍掉了，说那不是朕的地盘儿。《元史·宪宗本纪》则记述公元 1252 年，忽必烈率军过大渡河，在丽江石头城附近，趴着小皮囊，划着小皮筏偷渡金沙江，出其不意的进攻最终灭掉了大理国。

大观楼长联天地美景与历史沧桑时空交融，浑然一体，气魄宏大，又超然物外。毛泽东评价此联"从古未有，别创一格"。

清道光初年，一代文宗阮元在风雨飘摇中赴昆明任云贵总督，不知是生长于小桥流水的扬州，还是官场沉沦浮荡抑制了心胸，看了长联不喜，另改联板悬挂于大观楼。

阮版长联且不说维护清廷的小心思，就单讲把"东骧神骏，西翥灵仪，北走蜿蜒，南翔缟素"改为"东骧金马，西翥碧鸡，

昆明的气质

北倚盘龙，南驯宝象"，变虚为实，大伤原作意境。

毛泽东在梁章钜《楹联丛话》中提笔批道："死对，点金成铁。"对比着看，阮元篡改之处皆为败笔，覆泥沙于金玉，涂污渍于华服。意外反衬孙髯翁"万树梅花一布衣"，倒有"推倒一世之智勇、开拓万古之心胸"。

大理与昆明

周成王时期的何尊上刻有铭文"宅兹中国"，这是"中国"一词最早出处，意思是把家安在中心城市。中国文化华夷融合、农猎渔牧互渗。地处边疆的云南，最终归属中国还是蒙元时期。

虽有战国晚期的庄𫏋入滇、西汉的徙民实边，以昆明为中心的滇中地区和中原有了一些人员和经济的往来，但在元朝以前，云南的中心一直在大理。

唐天宝初年，南诏在洱海地区兴起。南诏是彝族政权，皮逻阁家族骁勇善战，趁滇中、滇东爨氏内乱，一举荡平诸爨。《南诏德化碑》记载南诏王阁罗凤骑马到滇池边，审形势，心境大好，"山河可以作藩屏，川陆可以养人民"，指示儿子凤伽异在滇池边建了拓东城，大致在现今昆明东南拓东路一带。

南诏都城在滇西羊苴咩城（今大理龙首关至下关龙尾关），别都鄯阐拓东府（拓东城），也称上都或东京。随着唐朝和吐蕃的衰落，南诏领土有了极大扩张。

宋大理国时期，白族段氏主政300余年，滇中是权臣鄯阐侯高氏领地。公元1253年，忽必烈灭了大理国，改鄯阐为押池（蒙语），20年后设立了云南中书省，并设置昆明县。

元代云南行省的建立结束了南诏、大理国近500年的半割据、割据局面，最终归于大中国，滇池沿岸的昆明也取代洱海沿岸的大理，成为云南的政治经济中心。

明初傅友德、沐英、蓝玉征云南，重建了昆明城，并拉开了向云南大移民的序幕。

自汉以来，昆明经历了民族、宗教的反复交融，古滇文化、早期汉文化、西爨文化、南诏大理文化及后期汉文化的反复叠加演进，昆明慢慢形成了自由包容、圆融通和的城市气质。

这从南诏时期初建，后反复扩建的圆通寺可见一斑。该寺原名补陀罗寺，意为"开着小白花的光明山"，初为观音道场。但凡寺院，进山门之后，皆是向上而行，正殿皆高于山门，正如哥特式教堂一样制造一种高不可攀的敬畏感。圆通寺恰恰相反，进山门后不是上坡，而是沿着中轴线一直下坡，精美的圆通胜境坊立于缓坡的中段，而圆通宝殿则地处寺院的最低点，这似乎蕴含了一种更为高明和成熟的哲学思想：接纳与承载。

寺内建筑以大乘佛教（北传佛教）为主，兼有上座部佛教（小乘佛教）和藏传佛教（喇嘛教）的佛殿建筑，圆通胜境牌坊上竟然还有道教雕塑。

哥特式的尖顶唯我独尊，而圆通寺的各种建筑、菩萨与树木山水和谐共处，互相关照。

昆明与西南联大

近代中国文化南渡北归的一个奇迹是西南联大。1938 年 4 月至 1946 年 5 月，这所只存在了 8 年的"最穷大学"，被誉为"中国教育史上的珠穆朗玛峰"。

近年对西南联大一边倒的赞誉固然有失客观，但积极抗战的大背景、山高天阔的自然环境、和光同尘的城市气质、淳朴温暖的民风，给西南联大带来了不同于战前三校的底色，潜移默化给教授学生营造了放飞自我的心灵家园，收获了 1+1+1>3 的卓异成果。

20 世纪 80 年代研究联大的外国友人问沈从文，"抗战时条件那么苦，但为什么联大八年培养出的人才，却超过了战前北大、清华和南开 30 年的人才总和"，沈答："自由。"

长沙不保，联合大学迁往昆明是突发的、被动的、临时的，

西南联大老照片

只是没想到临临时时了八年。昆明在毫无准备的情况下，如滇池般自然而然地接纳了各路文化深流。

老昆明人还大抵记得当年联大师生进城的凄楚景象。对大多数南迁师生来说，昆明是神秘的，饮食、气候、文化等都与北京、天津出入极大，他们多数是第一次到云南，从学校到教师，从学生到家属，不得不适应这个全新的边城。

昆明当年穷得很，又没有财政拨款，但各界在极困难的境况下，想方设法为西南联大找校址、集资，出钱出力。西南联大校区曾有拓东路迤西会馆、崇仁街46号、昆华工商学校、才盛巷2号等10余处，文法学院还曾迁往蒙自，教授学生们也都散居于城中各处。

散落和融合打破了大学和城市生活的边界，阳光融化了知识分子心中的苦闷，城市给了师生们精神和物质的喂养，而散居民间的高级知识分子也给昆明带去了积极的文化反哺。

德语教授冯至回忆："昆明人热情好客，可以说颇有古人的遗风。不像北平、上海等大城市的人们那样彼此漠不关心、不相闻问。我在昆明搬过几次家，每家房主人男的常说，'我们是交朋友，不在乎这点房租'；女的站在旁边说，'还不是因为抗战，你们才到昆明来，平日我们是请也请不来的'。"看这对话，昆明味道呼之欲出。

"在昆明住下，首先感到的是生活便宜，也比较安定，更加以昆明人朴实好客，不歧视外人，我真愿意把这个他乡看作暂时的'故乡'。"

短短八年，昆明生活的方方面面见诸名家笔下，表现了大师们的生活理想和从"蛰居"到"栖居"的情致。这种生动活泼的气象不同于京派与沪派，相比战时解放区、沦陷区、重庆、桂林、香港的创作，昆明书写少了几分沉重，多了一些希望，成了民族危机下中国士人最后的香格里拉。

老舍也曾随友人客居昆明两个半月，住在靛花巷。《滇行短记》中记录了小巷邻居们：

　　（郑）毅生先生是历史家，我不敢对他谈历史，只能说些笑话，汤（用彤）老先生是哲学家，精通佛学，我偷偷的读他的晋魏六朝佛教史，没有看懂，因而也就没敢向他老人家请教。（袁）家骅先生在西南联大教授英国文学，一天到晚读书，我不敢多打扰他，只在他泡好了茶的时候，搭讪着进去喝一碗，赶紧告退。

　　到吃饭的时候每每是大家一同出去吃价钱最便宜的小馆。许宝騄先生是统计学家，年轻，瘦瘦的，聪明绝顶。……他还会唱三百多出昆曲。郁（泰然）先生在许多别的本事而外，还会烹调。当他有工夫的时候，便作一二样小菜，沽四两市酒，请我喝两杯。

　　靛花巷的学者们的生活，并不寂寞。当他们用功的时候，我就老鼠似的藏在一个小角落里读书或打盹；等他们离开书本的时候，我也就跟着"活跃"起来。

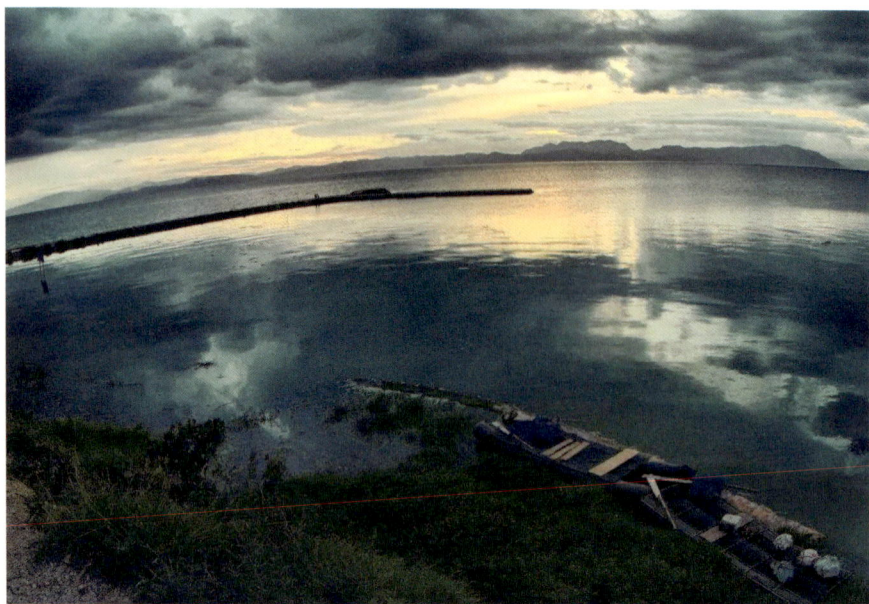

五百里滇池奔来眼底

老舍是最具生活审美的文学大师，他笔下的靛花巷简直就是联大时期的昆明版《陋室铭》。陈寅恪当时也住那儿，而类似这样的诗意居所散布于邱家巷、青云街、文化巷、小东城脚、北后街等各处，给昆明的精神生活带去了深远的影响。

至于山水，北平也得有愧色，这里，四面是山，滇池五百里——北平的昆明湖才多么一点点呀！山土是红的，草木深绿，绿色盖不住的地方露出几块红来，显出一些什么深厚的力量，教昆明城外到处使人感到一种有力的静美。

山水之外，还有天空和云。

沈从文在联大师范学院国文系任教，作为没有文凭的白话小说家，他在联大颇受排挤。有一种传言来自狂人刘文典："陈寅恪才是真正的教授，他该拿 400 块钱，我该拿 40 块钱，朱自清该拿 4 块钱。可我不给沈从文 4 毛钱！"就这样，沈从文也从昆明的云中找到莫大安慰："云南特点之一，就是天上的云变化得出奇。尤其是傍晚的时候，云的颜色，云的形状，云的风度，实在动人。"

林徽因拖着病体，则是"来看看这个天气晴朗、熏风和畅、遍地鲜花、五光十色的城市"。

"中秋。（罗）莘田与我（老舍）出了点钱，与研究所的学员们过节。吴晓铃先生掌灶，大家帮忙，居然作了不少可口的菜。饭后，在院中赏月，有人唱昆曲。"

林徽因从昆明写给友人的信，为了省纸，顶天立地密密麻麻写满了正反两面。她这样一位游历中外，曾经写写诗也要插花、焚香、更衣，倍儿讲仪式感的才女，竟然坦然且相对愉快地接受了昆明的清苦生活。

诸多书写可以反映出当年教授们、大师们的生活并不宽裕，学生除少数富家子弟，大部分，如汪曾祺，也是穷困潦倒的。但客居的大家在昆明找到了精神的慰藉，找到了寻常生活的乐趣，繁杂的人生、复杂的人际忽然变得简单纯粹。士人们重新体味到安宁静美的可贵，再次点燃了生命的激情。

昆明是一味药，不是维生素，是救心丸。

昆明一天：吃食与市场

昆明是我归家的中转站，但每次来去匆匆，特别是北京—大理开通直航以后，我已多年未去过昆明。

静荷姐多次相邀，忆起还是小狮子几个月大时在昆明静荷姐家住过，忽然想念，遂拖儿带女，直奔昆明。

老舍记述，"昆明的街名，多半美雅。金马碧鸡等用不着说了，就是靛花巷附近的玉龙堆、先生坡，也都令人欣喜"。这些听起来自然比菜市口、珠（猪）市口、拐棒胡同、羊肠胡同等元朝留下的直不棱登的地名要雅致得多。拓东路、圆通街这样的地名则蕴含着悠久的历史。

> 昆明的建筑最似北平，虽然楼房比北平多，可是墙壁的坚厚，椽柱的雕饰，都似"京派"。"花木则远胜北平。"

老舍眼中的昆明老建筑也不多了。这次我们特意住在钱王街小银柜巷 8 号。酒店是座三进的"六合同春"建筑，乃清末福春恒商号旧址。福春恒东家蒋宗汉是大理鹤庆彝族人，曾任腾越总兵、贵州提督。

百年老宅有三个院落，把"三坊一照壁""四合五天井""走马转角楼"串联在一起，有精美的檐廊和深雕门窗，配有欧式的气派大门。还有一间不小的图书馆兼茶室，挂着一副缂丝织就的对联：深心托豪素，怀抱观古今。该联集颜延之、谢灵运诗句而成，原联挂在三希堂，涂鸦癖乾隆爷写的，上下联写反了，皇上干的，别人也没敢说啥。

银柜酒店

一大早，随静荷姐去了篆新市场。国内外市场逛过不少，但篆新的丰富、时鲜、烟火和实惠还是极大地愉悦了我。

先去早点铺吃地道的豆花米线、豆面汤圆。豆花的娇嫩配着米线的爽滑，加上肉酱和调料的香辣，好吃！太辣，赶紧吃口沾满炒豆面的红糖花生甜汤圆。

拼桌的阿婆穿着朴素而极洁净的衣服，利落的短发，面目和善。一问已87岁。她自言吃过早点走来买菜，嘴馋再吃一碗豆花米线，自我批评间竟透着些少女的娇羞。

银柜，原福春恒商号，建于1924年，由腾越总兵蒋宗汉（大理鹤庆彝族将军）的孙子所建。白族传统民居混搭了法式风情，共15间客房，原库房改造为图书馆

刚从地里拔
出来的毛豆

荷尖（左）
大理海菜
（右）

西双版纳的
臭菜（左上）
苦笋（左下）
甜菜（右上）
刺五加（右下）

　　云南是立体气候，野生和驯化的食材丰富多样，而篆新汇集了云南各地州最时新的食材。瓜瓜、豆豆、绿叶、根茎都是当天采摘而来，绿的滴翠，红的抢眼，白的、黄的、紫的，应有尽有……

　　大夏天的竟然有笋！思茅甜笋是冬笋的模样，但个头小些，鲜嫩甜，可片下生吃。旁边是白皙的建水草芽，好似美人手指。"其蔌维何？维笋及蒲。"笋和香蒲，最为洁净，是饯行席上的珍贵菜肴，篆新集齐了。

　　黄（毛）豆是整棵带着根茎的，野小子的不羁模样。藜蒿、

宣威倘塘
姜黄豆腐

无花果

篆新市场
茄子鲊（左）
豇豆鲊（右）

折耳根在篾编簸箕中展着或嫩绿或洁白的纤细身条，挤挤挨挨，唤起青春的食欲。

　　荷花、荷叶、藕蔤和大理海菜，清清秀秀，仍在洁水中生长。阳荷秀着紫色的迷人花苞，不知味道如何。

　　版纳的菜摊有青柠檬，有刺芫荽（大香菜），有甜菜、苦菜还有臭菜，酸酸苦苦的饮食是为去除人们在热带身体里的湿热，还原清爽。

　　罗平黄姜、勐腊砂仁、倘塘姜黄豆腐、元谋无花果、宾川阳光玫瑰青提、永胜小核桂圆……篆新出品时令。

牛肉铺售卖的是放养黄牛肉，没有丁点儿多余水分，也卖酱好的腱子、牛肚和撩青（牛舌）。羊肉铺卖的是吃青草和中药的坡地黑山羊，也卖羊肉粉蒸。

旁边小菜馆有爆炒羊肝，鲜香细糯，小炒现卖，没有丝毫膻味，据说明目。配碗白米饭、炒青菜、白羊汤，是附近上班族的神仙午餐，令北京国贸大厦里吃机器吞吐"饭美美"盒饭的金领气杀！

逛饿了，中午到熙楼吃饭。忽然下起雨来，穿过楼顶露台的竹林雨雾，来到看得见翠湖的餐厅。

过桥米线讲究的是原汤大碗，原汤用土鸡、火腿骨和棒骨慢火熬就，土碗最好像小盆一样大。里脊、火腿和鸡肉讲究新鲜和刀工，每样都要片得极薄。鹌鹑蛋要打散，增加肉片的嫩滑，并不是直接烫的。地道云南人，当然还要加猪油渣、酸腌菜和油辣子。

静荷姐还叫了凉拌青芒果、汽锅鸡、香菇破酥包子和版纳甜菜。不赶时间，看竹，听雨，慢慢吃……

下午去了木水花市场，云南野生菌大全。正是吃菌子的季节，黑白鸡枞优雅，虎掌菌霸气，青头菌可爱，见手青魅惑，干巴菌中吃不中看，鸡油菌中看不中吃。

汪曾祺说"在昆明住过七年，离开已四十年，不忘昆明的菌子"，说干巴菌"状如牛粪……入口细嚼，半天说不出话来""有陈年宣威火腿香味、宁波油糟白鱼鲞香味、苏州风鸡香味、南京鸭胗肝香味，且杂有松毛清香味"。老爷子自己馋，也很会馋人！

要说我爱的，一是油鸡枞，二是蒜爆见手青，三是火腿烩青头菌，四是螺丝椒炒干巴菌。见手青味道浓烈又鲜美，料理不好会中毒，我家年年吃，没事儿！全靠老父亲把关。

菌子最不耐运输储存，冰鲜的潜台词是没法吃。吃菌子的季节，要说走就走去易（门）大（理）丽（江），街边小店也销魂。去年在北京某知名菜馆吃过天价黑鸡枞刺身，虽是朋友付账，吾亦欲哭无泪！

木水花还有很多野生食材，开心地买了鲜铁皮石斛、鲜天麻和黑松露，价格真便宜啊！

晚上去了呈贡七步场吃豆腐宴。昆明的豆腐宴，不像京都的那么冷淡（又冷又淡），黄金臭豆腐、火腿蒸毛豆腐、豆腐圆子、鲜辣豆腐脑、茴香豆腐渣，加上火腿烩青头菌、酱爆芋头花，全都很有味！呈贡机场曾是美国飞虎队和第十四航空队的重要驻地，当年美军圣诞大餐中黄金臭豆腐是很受欢迎的一道菜。

吃完晚餐就近去了斗南花市，斗南花市主要是夜市，有热闹的鲜花拍卖活动。在北京卖上百元一枝的名贵切花，斗南全都论捆卖。

林徽因的《除夕看花》和冰心的《摆龙门阵从昆明到重庆》中都说到了昆明的鲜花丰富而便宜。昆明种花、买花、插花、赏花的市民化、人文化倒是很有北宋汴京和扬州的余韵。

晚上回到银柜，故人飞雪已在院中秋千闲闲坐等。30年过去

| 呈贡七步场豆腐宴

了，昆明姑娘飞雪还是大学校园里的模样，圆脸长颈，微黑而紧致的皮肤，不施粉黛，明眸皓齿，从容自在。见了我不夸张也不生分，似乎昨日刚刚别过。

孩子们继续扫街玩耍去了，我和飞雪独占了巨大的茶桌，要了最便宜的 6 年生普，汤色和口感却都意外惊喜。

适口的茶汤，适手的杯子，平添了闲聊的意趣。不知不觉胡聊到晚上 11 点。飞雪说起上一次相见，还是 20 多年前，顶着艳阳，陪我从正义路、金碧路、北京路一路走到南窑火车站。

"昔别君未婚，儿女忽成行。"

茶艺师不算漂亮，但好看，始终温存体贴，不疾不徐，不问不语，似乎也可陪着我们一直喝下去……

念想

每一座城，都有由来已久的独特气质。好的管理者，无论是生于斯长于斯还是空降，都该始终抱有理解和敬畏心，承继传统，升华气质，维护城市的独特性，打造诗意的市民生活，而不是拆拆拆，生造一个交通立体、高楼遍地、精神困乏的水泥钢筋丛林。

世间平凡如你我的，不妨抽个空儿，让身体带上心灵，剥去俗务，栖居昆明，交几个当地朋友，晒晒灿烂的阳光，沐浴通透的雨露。

走一走，住一住，不急不躁，融于市场，触摸街巷，登西山龙门，眺浩渺滇池，在巷陌街角与劈面相逢的历史文化地理轻轻

一江秋月是昆明

相拥。

　　吃一盏茶，看一朵花，怀暮雨朝云，望苍烟落照，身心归一，豁然开朗。

　　江湖已老，你我还年轻。人生该努力，但结果，又何必苛求。

2019 年 3 月

搏韧精神今何堪——管窥香港

为求工作便利又因预算约束，我预订了中环威灵顿街的Butterfly，一家连锁设计酒店，房价约合920元/天。在房价动辄过2000元的中环，颇为实惠。

从机场快线中环站出口往上走，差不多一刻钟。破旧而狭窄的街道，笔杆楼、牙签楼林立，酒店门脸仅有1米宽，令我几乎错过。一层除了1个宽敞的车位，仅余狭窄的通道。据说车位是大boss的专用，但几天里并未见到有车停，在寸土寸金的香港，闲置，是最大的奢侈。

前台在二楼，附带迷你商务中心，节制的中式风格，早晨可提供饼干和胶囊咖啡。房间约20平方米，简洁利落又不失特色，商旅住宿，足够。

南侧是正在建设的工地，入住时担心住三楼会吵死，没想酒店的隔音隔尘做得很好，丝毫不受影响。我心里暗暗赞叹，和前台多聊了几句，占地也就246平方米，26层，1991年建成的办公楼，2010 年改造为酒店，共 80 间房，入住率高于 90%。

香港人多地少，港人饱受地仄房微之苦，对房地产价值认识深刻，所以大量房地产公司跑到联交所去上市。香港 723 万人，人口密度 6525 人／平方千米，远高于上海（3809 人／平方千米）和北京（1289 人／平方千米）。同时，2014 年到访香港的游客总量接近 6084 万人次。财富积累完成、高人口密度以及巨量游客，成就了香港商业的兴旺，地产价值一路高歌猛进。

亚洲金融危机时香港经济大受打击，物业价值一路趋降。2003 年，租金、售价触底反弹，至 2008 年达到 1997 年高点后因次贷危机有过短暂回调，之后一路走高，目前在高位盘整。从分类物业来看，分层工业大厦升值最多，其次是零售物业，11 年分别涨了 10 倍和 6.5 倍。

11 年来，物业租金涨幅不及售价增幅，香港物业回报呈下降趋势，工业物业回报从 7.7% 降至 3.2%，零售从 4.4% 降至 1.9%，办公从 5.6% 降至 2.9%，目前在低位徘徊。

与多位业内人士讨论，过去 10 年，是香港投资物业获利颇丰的 10 年，那么未来呢？租金的上涨和利率的下行是否已告结束？现如今投资物业如何下得了手？我猜度他们也都心怀疑虑，但都会硬撑说"香港就是一座山，开山填海的地就这么多，中环就是巴掌大一块地，稀缺就是理由"。但当你看到香港自由港的独特地位在下降，内生经济增长乏力，服务业已高度发达，创新升级空间有限，你会明白这几近真理的稀缺有点儿摇摇欲坠。

先看住宅，2003 年至 2013 年，商品房（私人住宅）均价从

30000 元 / 平方米涨至 120000 万元 / 平方米，涨了 4 倍，目前香港高端住宅（如礼顿山）、中产楼盘（如太古城）、平民楼盘（如沙田第一城）售价约 250000 元 / 平方米、100000 元 / 平方米和 85000 元 / 平方米，同期北京上海的住宅均价差不多涨了 10 倍。10 年前，香港和北京、上海商品房价差 5~6 倍，目前价差也就 2 倍（顶级豪宅除外）。

在湾仔的办公楼里我遥望了一下 Frank Owen Gehry 设计的半山豪宅 OPUS（傲璇），据说单价超过 60 万元 / 平方米。而山顶的何东花园，在今年 1 月 21 日完成了交易，含税合计 63 亿港元，自 1923 年购入，升值近 10000 倍。香港的贫富差距，远超想象，而财富的积累，很大一部分来自房地产。

再看办公楼，香港办公楼主要集中在上环—中环—金钟、湾仔—铜锣湾、尖沙咀以及新兴的港岛东和九龙东，除了后两个新区，每年新增供应有限，平均空置率低于 5%。其中上环—中环—金钟区域租金在 2008 年每月超过 1000 元 / 平方米，和九龙东差 815 元 / 平方米。2014 年，这种差距缩小至 576 元 / 平方米。中环临海一边的高大上办公楼多由香港大家族开发持有，往上走，则密密麻麻种满了二三十层的老楼。个人觉得就目前的租金和利率走势，唯一的物业投资机会来自老楼的翻新改造。中环、上环往上走，荷里活道、威灵顿街甚至皇后大道，不断有投资人买下笔杆楼，翻新为小型酒店、服务式办公楼，迎合热爱核心地段又预算有限的差旅、创业公司之需。香港改造旧楼的水平很高，从混沌、破旧的老街走进舒适、精致的小楼，会有惊艳的感觉。改造的成功与否取决于地段、设计分寸的把握以及运营的丰富和精细程度。

由于商业的高度发达和街道利于流动，香港的商铺贵得吓人，尖沙咀广东道和铜锣湾最贵的地铺每平方米售价超过 1000 万港元。游客是否想过他们为珠宝、手表以及大牌服装付出的银子，多半支付了房租？即使在威灵顿老街，地铺的租金也高于每月 1100 元／平方米，铺租一直在涨，租客深感切肤之痛："寒哪！都是替房东打工。"偶见老街上开茶餐厅的老板娘，在门口台阶下逼仄的地方跪拜财神，心会蓦然抽紧。

入夜的兰桂坊，依然人头攒动，空气中流动着昂贵的地皮味。夜访移居香港的旧邻居，本想带束鲜花，问问价格，作罢。

过去 10 年，投资分层工厂大厦获利最多。时间过短，了解不深，但主观臆测除了经济的强劲发展，主要还是增值型的改造利用，即工厦活化。比如改造成零售、服务业或设计师工作室等"楼上铺"，改造成红酒的储藏和交易仓，或改成影音录制室、设计及媒体制作办公室、画廊等等。

香港土地、房租成本的直线上涨，倒逼香港完成了产业升级。产业升级是单程票，不可能走回头路。而今随其国际航运贸易中心、金融中心和热点旅游城市地位的下降，香港物业投资陷入胶着状态，香港想在高要素成本下找到新的火车头是个难题。

国内一线城市的住宅市场也到了平台整理阶段，但对比香港，在产业升级过程中，北京、上海的商用物业仍有较大的投资机会和投资空间。城市价值的提升，劳动人口的集聚和高端服务业占比的提高，将带来租金的持续上涨，而降息将引领物业回报下行，未来 10 年，资本价值的涨幅将高于租金的增长。另外，特定区域的细分物业，如自贸区的工业仓储物业，极具活化潜力，也将迎来美好"钱"景。

2015 年 1 月

少小离家老大还——赤子看大理

腊月二十八，刚回大理的我扶老携幼观看了小区春晚。

张杨、野夫导演，众多名流参演的《茶馆》第一幕引来了竞相喝彩，张漓扮演的王掌柜、潘洗尘扮演的刘麻子、韩湘宁扮演的包租公秦二爷都极出彩，著名画家岳敏君，只混了马五爷的角色。这诸多名流，都是小区住户，其中除了野生动物摄影家奚志农是地道大理人，画家叶永青是昆明人，其余各路大神均来自五湖四海。

难得回家的我，蓦然发现，大理，已成新移民天堂。这些新移民，支撑着一个四线小城房地产价值的直线上涨。

2008年初，考虑到父母年事渐高，住在没有电梯、经常停水的五楼颇为不便，我家在古城南门外买下了这个住所。那年受金融危机影响，房产前途黯淡，而且小区刚刚开始建设，买的是尚未开挖地基的纯楼花，拿到了不错的折扣。

自 2010 年起，新移民不断涌入，大理的住宅销售持续升温。

目前大理好小区的单元房价高于 8000 元 / 平方米，个别别墅甚至超过 20000 元 / 平方米，房价已和昆明、成都难分伯仲。

大理的房子能够"出口"，得益于以下因素：

第一，大理是云南自然环境最好的小城，所谓"苍山不墨千秋画，洱海无弦万古琴"，这天然的大环境，成了所有项目的共同卖点。

第二，自公元 739 年南诏迁都太和城，至公元 1253 年忽必烈攻破羊苴咩城，论建都时间，大理在中国众多古都中仅次于洛阳、西安和北京，有悠久的历史，传承厚重的宗教和文化。

第三，大理民风淳朴，包容性强，生活层次丰富，新移民很容易获得认同感。

第四，住在大理，能够走走看看的地方很多，如茶马古道上的云南驿、沙溪，佛教名山鸡足山、石宝山，道教名山巍宝山、者摩山。大理也是自行车骑行、徒步、非高难度登山的好去处。

第五，大理生活便利，活下来很容易。大理菜好吃不贵，吃个大餐，也就人均 40~50 元。若图省事，街边随处都有可口的小吃店。

如果说丽江的名气来自地震后的重建，来自东巴文化的宣传，大理则是典型的淡定哥，魅力来自千年积累，好像《刀锋》中的拉里，无所作为，却教你如何不想他？

大理最早的集体移民来自台湾，自然集聚，自建房屋，和村民比邻而居。最近几年，移民层次丰富起来，来自北上广深甚至欧美的都有，其中有早早乐退的各行业人士，有厌倦朝九晚五急

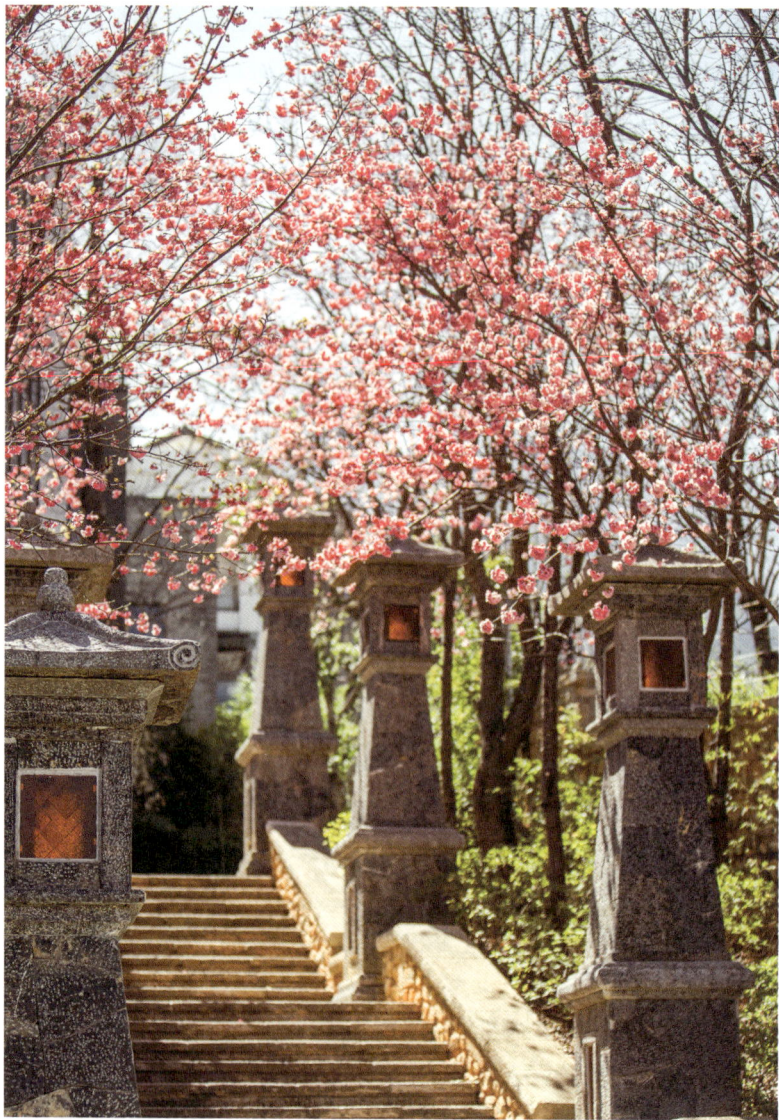

山水间小景

于选择简单生活方式的白领，也有工作不受地域限制的作家、诗人和艺术家，甚至投资人。看过张杨那部《生活在别处》的都知道，洱海边上有一群墨客神人艺术家，但更多的是选择默默住下的普通人。

比起住宅的稳步升值，商铺更吸引投资和投机客的眼球。

大理古城布局是明清以来的棋盘式方格网，有九街十八巷。保留着大量白族传统建筑，最多两层，很适合用于客栈、酒楼茶肆。

古城中最早热闹起来的是"洋人街"（护国路），在 20 世纪 80 年代就有海外背包客投宿大理市二招。1997 年政府投资改造了洋人街，地铺一直很旺。由于老铺升值很多，时不时听说兄弟争产反目成仇。

2008 年某房产公司整体规划开发了红龙井。记得 2009 年回家，发小撺掇我合资买个单元，我很迟疑是否能聚人气，没承想 2010 年以后洋人街铺租的一路推高终于成就了红龙井的兴旺。

现在最热的是人民路。人民路是最草根、最混搭、完全没有改造的破旧老街，生活着形形色色的小业主。小食店、茶铺、杂货铺，民谣歌手和实验音乐人的小舞台，诗人的书店，甚至诗人卖诗集的地摊，多元杂处。

人们操持着各种小营生，安然度日，"在日复一日的平常生活中，每个人都像是掌握了一点真理"。草根聚集的人气导致了人民路商铺的恶炒，投机者携带大量现金扫铺，结果大幅推高了房租，最终让做热这些商铺的租客无法承受，开始搬离。

山水间小景

至于客栈，则收留了众多游客的身心，数量也随着游客的大量涌入而飞升。古城里的客栈，房东经营的较多，而双廊、才村及更多湖边的民宅，则多被新移民长期承包后改造成了他们各自心中的小酒店。

双廊已彻底没有了古渔村的模样，仿佛成了地中海边上的某个度假区。文艺青年不断涌入，新的客栈还在不断修建，假期车辆完全不能通行，就算租个电瓶车，停车拍照也要被驱逐或收费。长裙、电瓶车、嘈杂的游客、喧嚣的酒吧完全改变了双廊的生态。当地人都尽量避免路过双廊，都去挖色吃阿婆煮的地道酸辣鱼。

春节期间，不仅古城所有客栈全部订满，连新城下关也都无房可寻。路边停满了自驾而来的各色车辆，游人摩肩接踵，连烧饵块也坐地涨价。我除了初五去九月听了张佺、马雪松的民谣专场，几乎都没有进城。

但我也看到不止为节假日准备的客栈，如美国人林登夫妇开在喜州的喜林苑，接待了美国一所著名中学的学生，这些学生将在大理待上 4 个月，学习大理的民族文化、风土人情和建筑。未来大理若能洗去一些虚浮的旅游因素，其内在的价值和魅力将更能彰显。

春节也陪父母回老家走了走亲戚。父母老家在龙山下的山西村，目前田地和山头都已被征用为城市建设用地，亲戚们多用征地补偿的钱盖起了六层高楼。包租公们生活无忧，一部分人变得愈发懒散，但也有努力改变生活方式的，比如大舅家的表姐，初中毕业，房子租给别人开客栈，自己则开了大理最大的护工公司，服务供不应求。

外来定居客给大理带来更丰富的社交，但并没有改变大理，他们只被大理改变，大理的开放与包容源于一种古都和佛都的自信。老天爷留下的和老祖宗留下的自然、人文价值交汇，造就了大理淡然、包容的独特居留价值，带来了人的集聚和商住价值的上升，成为独特的大理现象。

这种现象并不可复制，但从中可看出，文化或人文的大众消费已初露端倪，这种压抑了的消费需求也许会随着国人消费能力的积累、时空自由度的增加和精神诉求的释放而迎来跨越式增长。

2015 年 3 月

六朝烟水还余几——南京色香味

中秋小假，临时起意去南京。高铁没票，不要紧，买到上海；住店价格翻番，不要紧，置冬衣时间还早；预报三天都有雨，不要紧，买把伞。

果然冷风凄雨！出租车停在老门东牌楼下，导航提示左转却没了路。人生不如意十有八九，这感觉在南京来得尤其强烈。

酒店在100米开外，拖着行李施施然钻进雨中。走到半途，裤腿已湿，瞧见"问柳菜馆"，欢喜这个店名，且进店浮一大白。

问渠、问津、问柳是昔日秦淮三家老字号茶馆，俗称"三问"茶馆。问渠以品茗、交际、听戏为主，问津是澡堂兼茶馆。问柳店名风流，却是个极正经的菜馆。

现今这问柳菜馆布置得清雅精致，瓦片、砖细、竹节、风化榆木，看着养眼。阿姨过来招呼，糖醋小排、问柳鱼片、豆腐圆子、清炒茼蒿，胃暖了，心情自然雀跃。

花迹酒店藏在一个小巷子里，斑驳的青砖墙衬着不起眼的微

花迹酒店

掩着的旧木门。推开门，别有洞天。清末民初的老宅子，三个小小的院子，串联了 19 间客房，阳光、雨水、空气、天井、阳台，以及无处不在的鲜花……返璞，呼唤我们的本真需求。客房的装修质朴而高雅，舒适的棉麻用品，精洁的果品，对面瓦库提供的红茶和普洱喝着很舒服。

友人来访，赞叹之余断然说："这肯定不是南京人打理的，你不知道南京大萝卜吗？"

山水城林要素齐聚的南京得水藏风，扼要据险，地理位置得天独厚。但南京的历史，王朝更迭，生灵涂炭，仅从南京的别称

（金陵、冶城、越城、建业、石头城、秣陵、丹阳、建邺、建康、江宁、秦淮、升州、蒋州、上元、白下、集庆、应天、天京）就可以看出"城头变换大王旗"的线索。

南京城像块叠层蛋糕，东晋一层还算华丽厚重，明算五分之一层，只在南京涂了个小扇形，其余各层都很潦草。从侯景之乱（公元 548 年）到洪杨之变（公元 1856 年），从金兵南侵（公元1125 年）到日军屠城（公元 1937 年），绵延千年的悲欢离合，给南京涂上了忧伤的底色。

六朝古都，抑或十朝故都，其实没有多少古迹可寻，书画诗词间的好多好地儿都已无影无踪。什么"三山半落青天外，二水中分白鹭洲"，什么"无情最是台城柳，依旧烟笼十里堤"，什么"凤阁龙楼连霄汉，玉树琼枝作烟萝"，没了那配置，没了那光景，特别是没了那些人，只剩底气不足的豪迈，心有不甘的忧郁在风中吟唱。

既来触摸城市，还得去看看充满惆怅的残留现场。现如今南京城的基本格局，是明朝初年定下来的，明朝近 300 年历史，在南京建都的日子一共 50 多年。

想当年明太祖计取沈大户的聚宝盆，埋在聚宝门下，并建起了三道瓮城，由四道券门贯通，理想自然是固若金汤，但终究抵不住大炮的轰击，可叹！可叹！

印象深刻的是建城时每块砖都刻有工匠和监制的名字，这大概是比较早的质量追踪制度。

总统府也曾是两江总督府。当天雇了一个黑导游，五官平淡，

总督府小景——惠洽两江

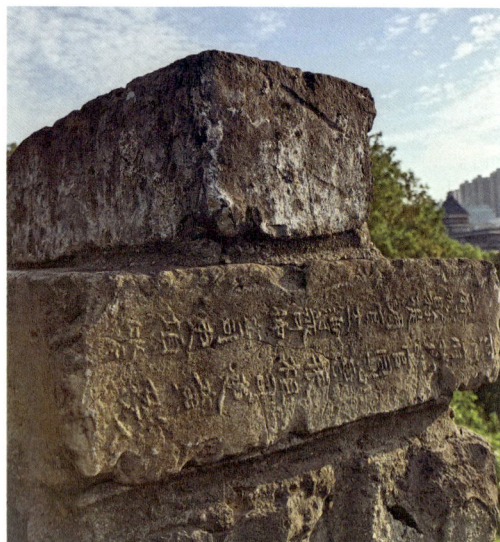

每块砖都刻有工匠和监制的名字，这大概是比较早的质量追踪制度

知识丰富，言辞幽默，兜来转去，故事人物交代得清晰生动。

总督府西花园（煦园）不大，但营造适度，不系舟、忘飞阁、桐音馆充溢文人情怀，正适合烦闷公事后休憩。遥想当年"立德立功立言三不朽，为师为将为相一完人"的曾公最后时刻定格在此，也算老天对他的奖赏。

紫金山植被繁茂，风景优美，但人生后花园适合长眠不适合游憩，中山陵前铜鼎上的弹孔仿佛隐含着一声叹息。

城南是老南京的象征，城南的焦点是夫子庙，挨着桨声灯影里的秦淮河。夫子庙、学宫和贡院比北京的孔庙、国子监小很多，免费的讲解总是恪尽职守，要把游客导向收费项目。

秦淮河的水还是碧阴阴的，但没有了才子佳人，没有了文章丝竹，冷淡而腻味。

夫子庙周遭游客云集，店家的货色似乎是一条龙配送的，大同小不异。勉强买了糕团充饥，又冷又硬，难以下咽。

倒是临近的瞻园值得一游。瞻园始建于元末明初，同治三年毁于兵燹，同治四年、光绪二十九年，瞻园两度重修。现今的瞻园是 1960 年再次修葺后的面貌，虽历经岁月变迁，最终仍保留了名园气派，小小一园移步换景，山湖齐聚，正合了把花园当天下的明清气度。

短命王朝遗留的风气就是不看重房地产，要拆便拆，要毁便毁，民间也没有大量买进不动产，守着宅子对抗时间的心性。"南京大萝卜从某种层面来说是六朝人物的自在精神在民间的残留。菜佣酒保，都有六朝烟水气。自由散漫，不着急，这点悠闲，是

秦淮河的水还是碧阴阴的，但没有了才子佳人，没有了文章丝竹，冷淡而腻味

城南是老南京的象征，城南的焦点是夫子庙，挨着桨声灯影里的秦淮河

老祖宗留下的。"比如艺术家朱赢椿，不买房，住教工宿舍，当了20年讲师，不评职称，弄些《虫子旁》《蜗牛慢吞吞》之类的作品。

也许抱着过了今朝没明朝的心理，南京人对吃始终有高昂的热情，但吃得粗放，吃得包容，这点和西班牙人有一拼。

早些时光还有袁枚，有吴敬梓，《随园食单》和《儒林外史》撩拨了多少吃货的心，也想模仿着来个慎卿雅集或少卿野餐。后期主要是民国政要对清真馆子的追捧，让清真菜在民间土壤持续发酵，成为南京饮食的代表。

南京的清真菜馆，有名的是马祥兴、安乐园、绿柳居和齐芳阁，几家代表菜式中都少不了被朱元璋加持过的鸭子。

去马祥兴那天傍晚一直下雨，冷而生饿，马祥兴的黄色基调让人产生了强烈食欲。一楼卖起家的包子点心，镇店之宝是171年还在蒸的牛肉包子。二楼卖饭菜，三个人点了盐水鸭、胡先生豆腐、藜蒿香干和一屉蛋黄烧卖。量大，口味不坏，但也不能让胃印象深刻。

朱自清在《南京》一文中写道："南京人都说盐水鸭好，大约取其嫩、其鲜。"对于吃过的盐水鸭，我始终不敢恭维，禽肉易老，鸭肉本来腥臊，又是冷吃，总觉得有种黏黏糊糊的暧昧，每次总是勉强囫囵吞下，也不知其如何担当了嫩和鲜的名头。

马祥兴的代表菜是美人肝，用鸭胰子搭配鸡脯肉炒，因三四十只鸭子才得一盘，稀罕而"名"贵。出于不要祸害鸭子的考虑，不吃也罢。

学宫和贡院比北京的国子监小很多

安乐园比马祥兴晚了70多年，但顶着"江南清真第一家"的名头。当天中午也是人声鼎沸，点了招牌的汁烹牛筋、焖钵牛肉圆、三鲜烩鱼肚、现做豆腐脑（搭配馓子）、牛肉汤包、菜包，上菜很粗鲁，但热乎，有镬气。

比起扬州菜的精致，南京菜是要大打折扣的。扬州是大盐商的底子，饮馔讲究慢工细活，南京则有乱世的阴影，厨子都是江湖快手。

比起大菜，我更钟情南京的小吃。老门东一带集中了南城的代表性小吃，一大早先去点了蒋有记的牛肉锅贴和牛肉汤，锅贴刺刺冒着油泡，外皮金黄，卤汁调的馅细嫩多汁，略显油腻，吃三个倒还不觉腻烦。隔壁的鸡鸣汤包鲜香完胜鼎泰丰，价格却便宜很多。接着去蓝老大家吃赤豆元宵、桂花糖藕和糖芋苗。蓝老大家是紫铜锅，甜品煮出来是柔美的紫色，赤豆元宵很赞，藕和芋苗却不够软糯，有点儿碜牙。

傍晚从南京大学晃悠到尖角营找萝卜丝端子，马大姐却没出摊，复往唱经楼找鸭油烧饼，也吃了个闭门羹。遂怒奔狮子桥南京大排档，报复性地要了一桶鲜、鸭血粉丝、鸭油烧饼、萝卜丝端子、蜜汁藕、美龄粥、虾黄豆腐、古法糖芋苗和狮子头，五颜六色地摆了一桌子。良心话，大排档虽是个大杂烩，每样小吃都还可圈可点，鸭血粉丝的配料新鲜清爽，藕和芋苗的口感远胜蓝老大，而且上菜很快，嘈杂中冒着生活的腾腾热气。

最后，晃荡到剪子巷，叫一碗董永馄饨。南京的馄饨掌柜几乎清一色是安庆人，馄饨皮大馅小汤鲜，倒是福州人称的"扁肉"

花迹酒店走廊

更贴切些。喝一碗，满足！

　　夜晚回到花迹，似乎一下从热乎乎的市井退回到冥想之境，看花，听雨，读书，梦回六朝。

　　临走，赶上老门东骏惠书屋开业。先锋大概觉得南京古建太稀，从婺源拆了个徽派二层楼在骏惠原址重建。看书买书的人不算少，但也不至于拥挤。我在一台南京地理历史旅游指南中，一眼相中了叶兆言的《南京人》。指南就算了，闲聊，才合我意。

2016 年 11 月

福州的深沉韵味

福州是个不太撩人的目的地，没有厦门的小精致，也没有武夷的小壮阔，城市、景致、古迹、吃食，并不独特，无一浓烈。似乎是个写意美人，影影绰绰，面目模糊，觉得遥想就好，不会有掀盖头的急迫心。

7月因在武夷山有个聚会，忽起念先到福州转悠两三天。

20日北京暴雨，落地长乐却阳光灿烂。长乐临海，但缺少美丽的海滩和湛蓝的海水，海沙还算细腻，脚感舒服。几个人站在水中闲聊，倒也有一种天高意远的畅快。临近有年轻的父母带着一双儿女踏浪，衣着简陋，小男孩四五岁，长着极美丽的大眼睛和长睫毛，戴着破了边的草帽，追着浪花撒欢儿，一串串撞到怀里的笑声让人倏忽间豁然开朗。"江山风月，本无常主，闲者即是主人。"

东道主裘老师温文尔雅，夫人陈老师却爽朗泼辣。裘老师笑称当年准岳父找他谈话，说女儿是女张飞，让女婿学学诸葛亮。

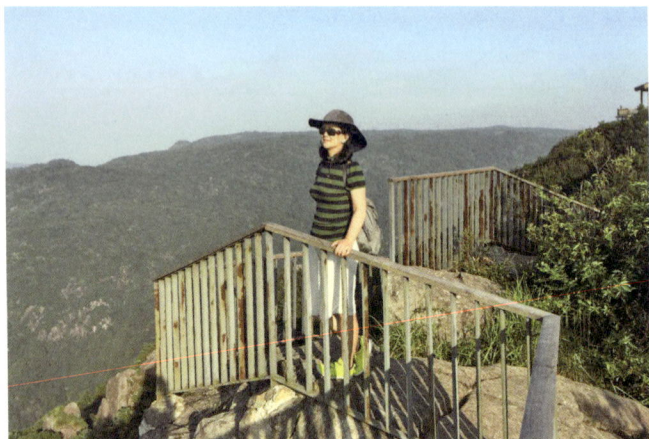

鼓岭揽胜

我们戏说让他研究研究莎士比亚的《驯悍记》。陈老师在中学教英语，有大将风度，喜欢张罗事，照拂他人，指挥若定。当日乌合之众很高兴有个意见领袖，免去各自做功课之苦。裘老师请夫人坐镇，还邀了小舅子一家和岳母来相陪，吃饭喝茶，聊聊福建乡土风物，宾主尽欢。

海边的吃食贵在天然新鲜，盐焗蛏子香嫩肥美，现烫的墨斗鱼清甜弹牙，虾蟹也都各自精彩。要说少见，还数西施舌。南宋胡仔编撰的《苕溪渔隐丛话》道："福州岭口有蛤属，号西施舌，极甘脆。"清代周亮工在《闽小纪》中夸赞："闽中海错，西施舌当列为神品。"李渔《闲情偶寄》也追捧："海错之至美，人所艳羡而不得食者，为闽之西施舌。"西施舌别名车蛤，生于潮间带下

区，随涨潮上，不易捞获，能吃到算我们有口福。车蛤用清鸡汤
氽熟，斧足长似人舌，晶莹剔透，色白而腴，味脆且鲜。不仅胃
的印象深刻，视觉惊奇也久久难以去化。

次日上鼓岭消夏。福州之所以为福州，实赖东部鼓山、鼓岭
的屏护。鼓岭海拔 867 米，风光秀丽，以清风、薄雾、柳杉闻名，
上了鼓岭就暑气全消。清光绪十二年（1886），有美国牧师在鼓岭
梁厝建"宜夏别墅"，此后各国牧师、领事馆的官员、福州的达官
贵人纷沓而至，在岭上建了 200 多所避暑别墅。

当日顺着绕山小道爬上去，柳杉染翠，清风徐来，蝉鸣疏落，
正适合有氧运动。一路去看了几所代表性的别墅、教堂、柳杉王
和当年的游泳池。柳杉王公园旁，曾是一代海军名将李世甲的石
木别墅，现为大梦书屋。书屋上下两层共 500 多平方米，格局典
雅，真是个消磨时光的好去处！人在旅途，无法贪多，买了本《余
英时访谈录》夜读。

晚上在农家乐吃饭，其中有一味白空心菜，嫩甜清鲜，记忆
深刻。

鼓岭的妙处，还在夏夜。农历六月十八，月亮尚盈，皎皎琼
琼，不着一丝尘埃。露台上没有灯，只沐着月亮的清辉。上下十
分清净，没有丁点儿浊气，只听到微风穿林，涛声若歌，虫鸣此
起彼伏，别成音韵。山风徐来，在盛夏的火炉福州，竟然觉出丝
丝凉意。这样的气息，这样的美景，心底的愉悦油然而生。

鼓岭的老街，青石板铺就的路面蜿蜒爬升，两旁是上住下商
的民宅，间或有小片菜地，南瓜花、喇叭花自由自在地开着，壮

旁若无人、貌甚庄严的番鸭

鼓岭万国公益社

鼓岭无人看守的小菜摊

三坊七巷严复书院

硕的番鸭在台间漫步，气定神闲，貌甚庄严。清晨没有多少人，居民还在老水井里打水，1902 年开办的夏季邮局也还在运营，万国公益社是当年的复合社交空间，抬梁式石木结构，亦有马头墙，是个入乡随俗的波斯米亚风格建筑，空旷的大厅似乎还回响着当年的热闹。

商铺都是小锅小灶，本地人小本经营。在一个阿婆的店里要了鼎边糊、扁肉，又买了蛎饼、黄瓜来配餐，清淡鲜香。街边有些菜摊，亥菜、野芹菜、紫背天葵、人参菜、羊奶根，小把捆好，标明价格，旁边有个装钱的洋铁皮桶，不见一人，原来是自助交易，山里民风的淳朴斯文可见一斑。

中午下山，途中收到城中老徐转来的微信，说前两天傍晚有个阿婆在鼓岭路上踩到眼镜蛇，被咬伤，后附"你们还不下山！"。

城中暴热，行道树都似要着了火。几个人跑到三坊七巷胡乱逛了逛。三坊七巷起于晋，格局完善于唐五代，至明清鼎盛，古老的坊巷布局至今保留完整。走马观花的印象是高墙大院出名人，曲线形马鞍墙气势恢宏，主厅堂既高且阔，与廊、榭相配，高低错落，生动且富于变化，门窗的雕饰大气华美，正所谓"大户人家"。

吃货郁达夫当年感叹："走过宫巷，见毗连的大宅，都是钟鸣鼎食之家，……两旁进士之匾额，多如市上招牌，大约也是风水好的缘故……"

三坊七巷有很多名人故居，林则徐、沈葆桢、林觉民、曾宗彦、严复、陈宝琛、林旭、林纾等对中国近现代进程有着重要影响的人物皆是从这儿走出去的，"半部近代史"并非夸张。要说地灵人杰似乎迷信了，实则文化、思想的迸发需要代代积淀，互相成就。从"孟母三迁"到近代精英的集聚，挑选房产的终极境界乃是与谁为邻啊！

福州真不是个撩人的地方，但恰如大家闺秀，时时处处都透着知书识礼、坚韧淳厚，让人觉得舒坦、从容，干燥的心亦能慢慢润泽。有底蕴，眼前就是诗和远方；没底蕴，远方也是苟且。

走一走，停一停，心眼蓦地明亮起来。

2017 年 7 月

石头寨的艰韧与诗意

　　3 个半小时的飞行，让我有点儿眩晕。中午在大研镇吃面，老黄确认去 120 公里外的石头寨得 4 个小时车程。面对絮絮叨叨的家姐，我有点儿犹豫，撺掇他俩一起去石头寨也许不是个好主意。

　　进山后 308 省道路面尚可，但路窄弯多，盘旋上盘旋下，蜿蜿蜒蜒没个尽头。

　　翻越海拔近 4000 米的垭口，停车休息，远方玉龙雪山半遮面，哈巴雪山显真容，连绵、巍峨、壮观！一辆旅行车"嘎"地停在旁边，60 多岁的老头子跳出驾驶座对着雪山欢呼"好安逸哟！"，旁边的老伴儿笑眯眯的，让晕车心烦正批判山羊太臭的家姐把没发完的牢骚吞了回去。

　　路过一个叫鸣音的小镇，离开省道，驰进一条只容一辆车身的乡间公路，虽窄，但路面还是柏油的。过了宝山乡，变成了镗石路和土路，又窄又弯又陡又颠簸，要不是常年蹿山的老司机，笃定脚软手抖不敢开了。

木家客栈看得见风景的房间

　　行路难！移步换景也疲劳。不知过了多久，我正极力遏制胃里的翻腾，一直沉默的老黄忽开金口："在阿（那）边！"喇伯鲁盘坞，宝山白石寨！

　　又盘旋了一阵子，终于"降落"到了停车场。石头寨还在对面，山谷里兀然耸起一块巨石——或者说一座石山，三面悬崖，一面石坡直插金沙江。在峭壁直落的石山顶上，有一个寨子！

　　徒步走了二三里，终于来到了寨门。寨门头上巨石嶙峋，几个老头儿在寨门口带孙儿，摆龙门阵，亲切不拘谨。

　　木家客栈就在入寨门上下之间，二层的平台有一株极大的怒放的三角梅，客房是真正看得见风景的房间。金沙江从虎跳峡咆

宝山白石寨，108 户人家栖居于一块巨石上

哮而来，气势虽已收敛很多，但在崇山峻岭中仍有巨龙气度。阿紫山、太子山俊朗峥嵘，笃定如古。寨子外梯田层层叠叠，顺势而下，收割、未收割的农景五色斑斓。寨子内阡陌逶迤，瓦屋鳞鳞，炊烟袅袅，落日辉煌。完爆什么五星海景、山景、街景房，而房费只要 50 元。

店主口拙话少，有严重腰椎间盘突出，走路有点儿跛。老黄干脆亲自掌勺做了晚餐，土猪腊肉、熬南瓜、焖豆腐，食材简单但天然，而且也累了饿了，觉得饭菜分外合心暖胃。

寨子里有太阳能热水，也通了电，但刚 8 点几乎就没什么灯光声息了。我们仨似乎是仅有的旅人，摸黑一路走到最高处的观景台。万籁俱寂的夜晚，没有月光，漫天的星星，神秘又亲近。灿烂的银河，清晰可见。

这样的夜晚，有一种强烈的非现实感，但又充溢人间气息，苍茫古意浓，正合怀古。

脚下的石头寨子始建于隋末唐初，曾有一支摩梭人从宁蒗永宁迁居宝山石头寨。《元史·地理志》载宝山州情况说："其先自楼头徙居此二十余世。"这样算起来建寨约有 1400 年了，选中这块巨石，大概因其天生负险，易守难攻。

公元 1253 年，忽必烈亲率的南征军，分别在木古渡和宝山靠羊皮革囊和筏子飞渡金沙江，自此拉开了进攻大理国的序幕。从宝山渡过来的元军就驻扎在石头寨，大观楼长联中的"元跨革囊"讲的就是这段历史，该事件对元朝实现大一统有着重大的历史意义。

石头寨小景

宝山石头寨侧影

大理国的前身为唐代南诏。公元 937 年，白蛮（今白族）段氏建立了大理国，统治区域包括现今云南全省，贵州、广西西部，四川南部，以及缅甸、泰国、老挝的一部分，繁荣了 300 余年。

蒙古部落崛起时，南宋北面是金，西北是西夏，西南是大理国。成吉思汗灭了西夏，窝阔台灭了金，蒙哥准备灭宋，干了几个回合后发现，宋人设防坚固，一时难以得手，所以才派老弟忽必烈不远万里"斡腹"灭大理。

公元 1253 年 12 月，忽必烈进军大理龙首关，攻破羊苴咩城，至此，存续 300 余年的段氏大理国宣告灭亡，云南以一个行政省的形式被纳入元朝版图，其政治中心由大理迁至昆明。

忽必烈在年届三十六岁的时候，终于有机会取得一个里程碑似的军事成果。

早晨被鸡鸣狗吠吵醒，在寨子里四处溜达。0.5 平方公里的巨石上有 100 多户人家，密，但错落有致；布局奇峻，却又合乎自然。道路都是借势凿成的，坡度很大。建筑是浓郁的纳西风格，木结构，配砖或土基，黑瓦，非常古朴。所有房屋，无论新旧都在屋脊下挂着木质悬鱼，或繁或简，或抽象或具象，千姿百态，为的是克火镇宅，而"搏风板""垂花柱""马头墙"等传统建筑元素让岩石上的栖居有了诗意。

最高处人家的阿婆看我在拍她家昂首阔步的公鸡，笑眯眯地提醒我别靠太近，否则飞下悬崖就抓不到了。她热心地带我去看她家已废弃不用的房子，部分墙壁是原生石壁，石床、石缸、石磨、石灶均就势凿成，叹为观止，宛如石器博物馆。

纳西妇女的衣着，青蛙神寓意多子多孙

　　寨子里早起干活的似乎都是女子，身着传统而朴素的纳西服饰，背一块又像坎肩又像披风的"巴格图"。"巴格图"是东巴文化里的青蛙神，纳西祖先认为纳西族人口稀少，希望女人们能有青蛙那样旺盛的生殖力。

　　几个阿婆打柴归来，在坡道上健步如飞。赶马帮的也是女子，身手敏捷，面色坚毅。老头子们仍然在寨门口安坐，悠然地看孙子。

　　金沙江水流湍急汹涌，云岭危峰林立，水陆交通十分不便，行路艰辛。忽必烈的奇袭是个个案，那以后宝山似乎再没发生过战事。至于商旅，通往巴蜀、卫藏的茶马古道也完全避开此偏僻之处。就这样，山中岁月，"不知有汉，无论魏晋"。

　　在这里，不是最坏的时代，也不是最好的时代。这儿，从来就没有时代。

　　　　　　　　　　　　　　　　　　2017 年 10 月

順应自然，就势凿就的石床。和其光，同其尘。

落在旧时代里的京都

京都，平安京，是日本平安时代、镰仓时代、室町时代、织丰时代的都城。公元 1602 年，德川家康击败丰臣家族，政治经济文化中心次第转移到了江户（今东京），京都被留在了旧时代里。

从清少纳言的《枕草子》里可以看到盛唐文学作品、器物和审美观对京都上流社会的影响。但总体而言，京都的简洁、克制和内省还是源于它的资源禀赋和社会结构，没有多余的东西可以用来浪费，必得精简，必须精致。自然和历史影响了京都人的思维，又变成了他们的习惯。

京都，是古长安的微缩版。宫城与皇城，都位于城北正中，与天上的北极星对应，朱雀大街西侧右京称"长安"，东侧左京称"洛阳"。"长安"一边多沼泽，没大发展，只发展了东半城，故京都也称"洛都"，武田信玄等战国大名率军进京叫"上洛"。

京都建完，唐朝已开始衰落，汉家的典章制度文化日本已学得差不多，加之财政困难，便不再向中国派遣唐使，开始发展自己的文化，从此京都就定了格。时过千年，长安、洛阳的规制风情早已灰飞烟灭，京都倒成了寻访盛唐遗风的故城佳地。

从公元 794 年桓武天皇迁都平安京到 1868 年明治维新成功，京都一直是日本的天皇驻地。日本天皇号称"万世一系"，其实是个傀儡，不仅权力被架空，掌握的资源亦有限。镰仓幕府之前的平安时代，日本有限的土地人口资源，都掌握在贵族手中，是典型的西欧式分封制，天皇即便想奢靡度日，条件也不允许。进入幕府时期，武士当权，崇尚坚忍勇武和节制，特别是室町（战国）时代，大开征伐，群雄逐鹿，都想集中资源统一全国，钱都用来整军经武，秣马厉兵，绝不会浪费于奢侈享受。

到 16 世纪，明朝中后期，日本终于冒出了三位有迹象统一全国的人物——武田信玄、织田信长和德川家康。原本武田信玄是龙头老大，无奈织田和德川联起手，灭了武田。此后织田信长最有戏，却在本能寺被下属所杀。德川家康坐失良机，织田的家臣羽柴秀吉抢先一步，替织田报了仇，继承了织田的衣钵，一统江山，得天皇赐姓丰臣。可惜好景不长，贪心不足蛇吞象，丰臣秀吉觊觎大明帝国和朝鲜，战败后郁郁而终，其子丰臣秀赖守不住江山，只得拱手让给德川家康。日本从此进入长达 300 年之久的德川幕府时期，正是"剩者为王"！

当年丰臣秀吉为了削弱德川家的势力，将其封地改迁至新征服的关东，江户成为德川家的新巢，德川家康晋身幕府将军后，日本开启了江户时代。京都则留在了原地，一半是平安时代的没落隐忍，一半是武家时代的坚韧节制，造就了京都独具一格的文

柊家别馆外观

化气质。

京都不大，自行车可方便到达各处，不便之处是不能随便存放，常常为了存车而颇费周章。京都的街道，窄且优美，街边的建筑，古朴而非破旧，紧凑但不局促。

古老的寺庙，并不见书间描写的宏伟壮观，倒是处处可见因地制宜的心机，这种心机的重点是园林和风水，而非建筑本身。建筑规制都不大，白墙、黑顶，传统的屋顶是桧树皮层层压合的，能将非规则的树皮处理成精当耐久的屋顶，体现了京都人将有限材料用到极致的智慧。

由于生活空间的狭促，京都人的庭院都不大，十几二十平方米很普遍，这样的方寸之地，竟也能谋划得丰富、别致、空灵剔透，体现了日本独特的空间美学观。

桂离宫据说模仿自西芳寺的心形池泉回廊和枯山水两段式庭院，后者是镰仓时代末至室町时代初大名鼎鼎的高僧梦窗疏石所造，是其心中禅宗理想乡的具象。

堂堂皇家别院没想竟用竹篱笆做围墙，远没有颐和园的恢宏气派。宫内百分之八九十都是或荣或枯的庭院，建筑不多，散落在风景树木之间。建筑都是传统木结构和式屋，四壁似乎都是用纸糊的，可以随意开合。这样的建筑，布在风景之中，既成为风景的一部分，又可通过屏扇的开合，适时切换四季不同的风景。素雅的和式建筑，勃勃的树木花草以及静谧的枯山水相得益彰，昭示荣与枯、生与死之对立统一。

京都有三大顶级日式旅馆——俵屋、柊家和炭屋，俗称"御

京都柊家别馆

三家"，包含早晚两餐怀石料理，服务和饮食都无可挑剔。我们住在京西旅馆的一个家庭套间，房间很舒适，但没有三餐。大厅有茶道，临着精致的院子，上下两池缓缓涌流着清水，池上有棵别致的枫树，院子大约也就 15 平方米大小。想起马蜂窝上有人评论可以在院中散步，我不免哑然失笑。京西旅馆斜对面是柊家别馆，典型的日式桧木制两层建筑，清静而典雅，同样迷你的院落里果木错落有致，门口送客的管家都是中年妇女，着素淡的和服，脸大眼小，颜值勉强，但极其优雅周到。

　　京都人日常起居中的审美，受禅宗影响很大，所谓"茶禅一味"，代表性的还是茶道。茶道讲究"和、敬、清、寂"，和与敬，体现在仪式感上，而清与寂，则更多是审美情趣了。窃以为"寂"字最难理解，也最传神。在汉语中，"寂"少有佳词，寂寞、寂静、孤寂……都有些缓缓的悲情、淡淡的凄凉。而这个字来形容日本的文化、诗歌、音乐、绘画（不含浮世绘）、服饰、器物、装饰、建筑，乃至茶道、花道，无不十分贴切。

茶道中登峰造极的部分，则是怀石料理。怀石一说是僧人坐禅时在怀中放暖石以抵抗饥饿；一说源自《道德经》的"被褐怀玉"，亦即薄外而厚内，强调内在资质。

怀石料理最初为茶道中为防止"醉茶"提供的小料理，后来独立成包含开胃菜、头盘、生鱼片、煮物、主汤、烧烤、腌渍菜、冷钵、酸汤、主菜、米饭、甜点在内的9~12道菜。怀石讲究割主烹从，不时不食，强调食材的天然应季，轻度烹调，着重摆盘。食具更是朴拙，如果不是器形小巧，甚至让人有粗陋之感。

怀石讲究的是大道至简、自然空寂之美，其中室外风景、室内挂画、恰到好处的插花以及餐具都是不可分割的一部分。每道菜量都很小，送餐的仪式感很强，中间的时间既有期盼又有不安，让食客明白必须控制好情绪和欲望，才能好好享受食物。进餐的重点是构建仪式感，让人屈从，从而达到怀石料理所强调的隐忍和节制。京都米其林三星餐厅全都是怀石料理，这也是京都失落在旧时代的一个旁证。

对于饕餮者，怀石恐怕不是美好体验，容易留下心理阴影。京都有个别反叛餐厅是反怀石的，仅一张台子将餐桌和厨房分隔，生猛的、触目惊心的食材赤裸裸地推到客人面前，客人选中后大厨迅即当面烹调。抛弃一切仪式，只专注纯粹的美味。没有控制，只有乐享，纵情恣意。他们强烈地想要和这座内敛节制的城市划清界限。

如果预算有限，也有很多选择。豆雅传的豆腐布丁、豆腐甜甜圈、豆腐天妇罗和豆乳锅，独特又好吃，豆渣也舍不得扔，做成翠绿鲜黄的什锦。祇园的十二段家也很好，林文月在《京都一年》推荐的老店，提供经典的美味，深得孩子们的欢心。

在祇园十二段家等位时能看到着装优雅繁复的艺伎踩着木屐嗒嗒嗒地上工去，相比东京的歌舞伎町，一个是中古时代的优雅繁复，一个则是当今的浮躁喧嚣，犹如两座城市由来已久的差异。

城里随处可见抹茶甜品店，路边在售卖樱饼、鲷鱼烧，欲望有限，波澜不惊，这是一座守护生活的城市！

最后一天，从清水寺前的石板街道骑车而下，越过鸭川，古拙的城市在大片晚霞的映衬下，耐人寻味，那就是岁月的质感吧！

2015 年 10 月

亦叹亦赞话扬州

2017 年，高铁通到镇江而未到扬州，但北京到扬州有夕发朝至的直达专列，感觉很是微妙。

扬州是《禹贡》所载九州之一，因"州界多水，水扬波"(《晋书·地理志》)而得名。

南朝宋人殷芸的《小说》调侃：四个小哥进京考公务员，遇见一老头垂询年轻人的梦想，一说要做扬州刺史，一说要有钱，一说要成仙，最后一人要"腰缠十万贯，骑鹤上扬州"。文中所说扬州乃指南朝京城建业（南京）。那时扬州辖域比现在大得多，州治在建业，而扬州刺史乃宰相职务，所以是"上扬州"而非"下扬州"，是走马上任而非寻欢解闷。

1500 多年过去，年轻人的梦想并没有多大变化，只是目的地变成了魔都或帝都。

荣枯

现今的扬州已有 2500 多年建城史，隋之前，称"邗城""广陵"或"江都"。

扬州是个又俗又雅的城市，扬州的雅，雅得俗；扬州的俗，俗得雅，这种雅俗和扬州的三荣三枯有关。经历大起大落的城市，总会有点儿享乐气质，享乐到了极致，难免就有了历史文化烙印。

扬州第一次繁荣在汉代。鼎盛时期"车挂辖，人驾肩。廛闬扑地，歌吹沸天"。

南朝宋时期竟陵王刘诞谋反，与朝廷军在彼肉搏，广陵城化为废墟。

扬州的二度繁荣在隋唐。隋炀帝开通了大运河，扬州成了连接东西南北的重要水路枢纽。到唐代，在"衙城"南新筑"罗城"，扬州成为仅次于长安、洛阳的第三大城市，和成都并称"扬一益二"。

南宋时期，宋、金在扬州鏖战。战后姜夔大咖路过扬州，面对浩劫后的满目疮痍，写下了著名的《扬州慢》，"淮左名都，竹西佳处，解鞍少驻初程。过春风十里，尽荠麦青青。自胡马窥江去后，废池乔木，犹厌言兵。渐黄昏，清角吹寒，都在空城……"。

扬州的第三次繁荣在明清。垄断两淮盐业的八大商总，悉数扎堆扬州。每年行驶在大运河上的漕船，超过一万艘。康熙、乾隆南巡，为笼络江南人心，也让扬州的大盐商们有了挥霍的机会。

沈复在《浮生六记》中叹曰"奇思幻想，点缀天然，即阆苑瑶池，琼楼玉宇，谅不过此"。见惯大排场的乾隆爷也感叹扬州盐商"居室园圃，无不华丽崇焕"，并留下了不少涂鸦。若艳羡当时的繁华和风雅，不妨细读李斗的《扬州画舫录》。

运河盛景

瘦西湖画舫和五亭桥

三十年河东，三十年河西。运河淤堵，漕运式微，海运兴起，政商新贵奔赴上海。扬州优势不再，各大园子逐渐人去楼空。2017 年在江苏各市 GDP 排名中，扬州落在了苏州、南京、无锡、南通、常州、徐州、盐城之后，和江对面老对头镇江半斤八两，扬别嫌镇土，镇也不批扬虚。

繁花

经历了三次大的繁荣，扬州激扬风流的才子们留下了海量诗词，"春风十里扬州路，卷上珠帘总不如"。若要追寻那种诗词意境，按图索骥去找琼花、迷楼、二十四桥、二分明月……恐怕是要失望的。但扬州新城建在了邗江区，广陵区是江浙一带保留最为完整的成片老城，仍是触摸时光的最佳选择。

扬州的牌头，一是扬州三月，二是老城和古建，三是扬州馆子，至于历史技艺文化，恐也不是一眼两眼能看出门道的，只好在走走停停中寻点遗韵。

扬州水多，而这水，要配上三月的烟花才够妖娆妩媚。农历三月，隋堤柳愈老弥新，梅花岭、瘦西湖以至整个扬州城都迷失在花影婆娑中，樱花、桃花、油菜花，还有很成气候的芍药和茱萸。花儿哪管人间沧桑，只顾不负春天约定。

扬州以琼花和芍药为傲！欧阳修赞"琼花芍药世无论，偶不提诗便怨人。曾向无双亭下醉，自知不负广陵春"。姜夔叹"二十四桥仍在，波心荡，冷月无声。念桥边红药，年年知为谁生"。

传说中的琼花有冰肌玉骨之姿，树傲花繁，"荼蘼不见香，芍药惭多媚"，更兼天下只有一株，为此欧阳修还在琼花台边筑了无双亭。

据史料记载，北宋和南宋时期，琼花曾被移植到汴梁和临安御花园，结果憔悴无花，后被送归扬州才得以重焕生机。蒙古大将阿术攻破扬州，无双琼花终于死去，于是琼花气节就被津津乐道了。

现今游人蜂拥去看的并非琼花，不过是聚八仙。惊奇的是扬州选市花时竟然选定了谁也没见过的琼花。

扬州芍药的令名，鹊起于宋，得益于理学弥漫下胸襟渐狭、吟花弄草的颓废。"广陵芍药天下奇"，奇在类丰植广。宋代扬州同洛阳，无论男女贵贱都喜戴花。最惊人的是"四相簪花"典故：韩琦被贬扬州太守，种得芍药一枝分四岔，每岔开一朵上下深红中间一圈黄蕊的花儿。老韩诚邀同为公务员的王珪、安石、昇之赏花，慷慨剪下金腰带每人簪一朵。此后三十年，这四个老哥前后做了宰相。花卜也！

牡丹是木本，雍容华贵；芍药是草本，枝清花秀。古人谓牡丹为花王，芍药为花相。"芍药承春宠，何曾羡牡丹。"既然琼花没了，芍药倒还值得一看。

寺＆城

蜀岗的大明寺、平山堂、观音山，自然要游，可从瘦西湖划船前往，也可从何园乘公交专线前往，往返5元，当日有效。这

南河下历史文化街区，丁家湾，仍然在使用的老井

一路景点甚多，公交可随上随下，扬州的旅游服务真是好极了！

对于我这个大山的孩子来说，蜀岗简直就是小土包，大明寺和平山堂也就尔尔，亦不能叹服观音山的山寺和鉴楼，印象只得欧阳修、苏东坡和鉴真老和尚，对唐宋扬州的诗文聚会和佛教的光大有个概要。

扬州的寺观很是清明，绝对没有强捐和诱捐，也没甚摊贩，完全没有商业气息，和尚、道士和居士都很平和。我们在大明寺素食馆要了阳春面和素鸭，卖相不太好，口味却很赞，油豆皮完全没有陈油味，层次丰富，不干亦不腻，很是适口。

扬州有三条古巷游路线，都起于天宁门，终于丁家湾。扬州的古巷，多而密，狭且长，曲折又幽深。巷子里保护建筑和民居混杂在一起，民居多数要依赖公厕，但公厕和巷子都非常干净。巷子里的古井还在使用，石井栏被吊绳勒出深深的岁月。巷子的墙沿上，钉着扬州学派的一些金句，恍惚觉得阮元、焦循、汪中会从巷子深处走来。

仁丰里、湾子街和丁家湾都是值得流连的地方。民居很拥挤，院子迷你，门前大都种有花卉或蔬果，两株番茄、一架黄瓜，抑或几盆家常的花儿，小狗小猫也毫不见外地挤占一席之地，现世安稳。丁家湾牌楼下有个阿婆在卖菜，小推车，不多的五六样，鲜嫩！

东关街整饬一新，难免无趣，清静而悠然的是皮市街。

皮市街有两家独立书店——浮生记和边城。"终日昏昏醉梦间，忽闻春尽强登山。因过竹院逢僧话，偷得浮生半日闲。"大约心无

老城人家

挂碍地安放光阴才是正确的人生态度。浮生记掌柜是个 85 后，开书店是他的生活态度，且常常闭了店去探寻不同国家和地方的风景。店小，书不多，偏人文、历史，还有迷你的天井和阅览室。店里有各种版本的《浮生六记》，忍不住买了本喜欢的版。

边城的掌柜王军来自安徽，开店前是个修补古籍的匠人。旧时装裱四大流派，"姑苏的素净，维扬的整饬，京师的辉煌，岭南的艳丽"。扬州派重气象，擅长漂洗灰暗之纸绢及修补割裂等技。边城除了人文古籍外，有不少仅此一件的老物件，还有老拓片，用古书页修复装裱的横幅、灯罩、书签。随意浏览中看中一张花卉版画，王生说是一个澳大利亚人在扬州做外教，常常到边城流连切磋，离开扬州时就把自己刻印的版画都留给了边城。边城的店长并不拿薪酬，写一手野路子的好书法。也常常有忠实读者到店里做义工，独立书店就此维持下来。

对面的一点光提供摄影和饮品，简洁的店风，四壁挂着精彩的扬州风情照，一家三口都在店里，夫妻俩都是明净和暖的气质，小女孩很漂亮。男主人笑称是扬州乡下人，设计和摄影是爱好，也是养家糊口的手段。女主人一言没有，但十分周到体贴，有一种江南女子的如水温婉。

小舍是一家开了很久的青年旅社，口碑不错。对面则是一家理发店，店面不小，但没有任何招贴画和灯箱，乔布斯风格，一师，一客，正在刮脸。没有等候，亦没有催促，正是扬州慢时光。

颇有戏剧感的是街尾一家锁了门的店，上书"沛县杨记狗肉专卖"，门板下有个半圆的洞，一只黄白花的小狗探出头来，无辜而委屈。想起郑板桥嗜食狗肉，有一盐商死活巴结不上，虽辗转购得数幅，终以无上款而不光，乃以狗肉贿取郑爷书画。

园亭

清人刘大观总结："杭州以湖山胜，苏州以市肆胜，扬州以园亭胜。"《履园丛话》也认为扬州的园林胜过苏杭："如作文之有变换，无雷同，虽数间之筑，必使门窗轩豁，曲折得宜，此苏杭工匠断断不能也。"扬州园林融合了徽派和苏州香山帮的风格，最能展现中国传统文化之天人合一的理想。

扬州以园亭胜，园亭以叠石胜。扬州园亭以个园和何园领衔，

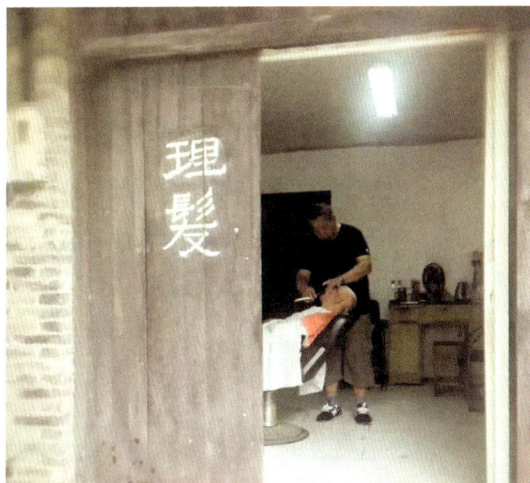

皮市街上的理发室，没有灯箱招牌，一师一客，没有等候，亦没有催促。此中有真意，欲辨已忘言

皮市街上的青年旅社——小舍客栈

何园的船厅、镜花水月、片石山房，个园的宜雨轩、春夏秋冬山独得高妙，其他园亭或大或小，或疏或朗，也都各得主人之意趣。

个人最喜欢的是小盘谷。地方不算大，但山水花木互相呼应，进退有度，舒卷自如，有大山大湖气象，非胸有丘壑不能为之。何况何园、个园人太多，导游声音此起彼伏。小盘谷却空无一人，可暂时假想为自家园子，从容游憩。

饮馔

从前鲁迅在北京爱去的南味斋，就是地道扬州馆子，可见扬州菜是南味的代表。扬州的馆子和茶楼，都有好听的名字，富春、冶春、共和春、狮子楼……从前还有个"者者居"，意取"近者悦，远者来"也，看来大悦城不过拾了扬州小馆的牙慧。

扬州是大盐商的底子，扬州厨子以盐商家庖最出色，每家家

扬州狮子楼菜馆

狮子楼的招牌狮子头

特别美味的蒸茄子

厨都有绝技。扬州厨子厉害在于能用最普通的食材，做出绝妙的菜肴，譬如文思豆腐。家厨不再，料理传统却留了下来。扬州菜做工精细，不甜不咸，口味南北皆宜，故传播最为广泛。

袁子才在《随园食单》中写了一篇《程立万豆腐》，记述其和金冬心在扬州程立万家吃了一味煎豆腐，两面干黄，无丝毫卤汁，微有车螯鲜味，精绝无双。袁枚吃主儿，嘴不可谓不刁，能为一味豆腐叫绝真是稀罕。这味煎豆腐虽然失了传，但文思豆腐、大煮干丝、烫干丝、素鸭、腐皮包子还是随处可吃，也都比别处的要好上许多。

扬州厨师刀工尤其出色，《舌尖上的中国（第三季）》中的翠珠鱼花纯属炫技派，但《舌尖2》中的大斩葵花肉（狮子头）、文思豆腐，雪花鲥鱼、三套鸭和脱骨鱼，都是暗藏刀法的传家菜肴。

在扬州的三天，早茶去了冶春和花园茶楼，茶点都大同小异，但个人更喜欢花园茶楼，烫干丝、三丁包和腐皮包必点，还要了虾子馄饨和青菜煨面，后两种只要 6 元，口味都很赞，特别是煨面、面、木耳、笋片和青菜用高汤煨得非常入味，汤味醇美而不腻，这和大煮干丝是一个道理。菜单上还有腰花煨面、虾仁煨面，只恨吃不了啊！

正餐最喜欢狮子楼，极品狮子头偌大一个，三个人吃不了，虽然有特色，但不如清汤狮子头那么软柔。炒软兜有些微酒味，嫩香适度，配着打底的生洋葱吃，完胜响油鳝糊，后者太油也太黏糊。糖醋黄鱼和虾子蹄筋是地道扬州菜，印象深的还有一味蒸茄子，既没有茄鲞的折腾，也没有北方烧茄子的土气和油腻，清清爽爽，十分下饭，只是等候现蒸的时间有点儿长。

未尽

作为旅人的感受，扬州人并不像易君左《闲话扬州》官司中的小气，也不像朱自清《我是扬州人》《说扬州》中的虚气和无赖。

可能生活节奏比较慢，时间宽裕，你站在路边张望，还没开口，就有人来问是否要帮忙，随处可见的三轮车要价也实在。

丰子恺先生曾记要去看二十四桥，拉车的、帮闲的就要追问他到底去干什么，似乎跑老远去看一座小桥是很荒唐的事儿。车夫看他一照相就追问"要修桥吧""要开河吧"，倒有点儿多管闲事。

曹聚仁曾凭诗词歌赋想象风雅的扬州，《闲话扬州》把扬州写得太美。而易君左逛吃逛喝一年后《闲话扬州》，把扬州写得太不入流，惹一身官司。现在的扬州，没了全盛时期的繁华和风雅，也少了没落时期的小气、虚气和泼皮破落户气，古城和古建得到良好的保护和修复，文化、技艺、饮食都有一定程度的复兴，便利，悠然，实惠，正是短假好去处！

人这一辈子，总得去趟扬州。每个人，都会有一个亲自触摸的扬州。

2017 年 6 月

骑鹤居扬州 [1]

逃离北上广的呐喊源于对别处的想象。对于充满憧憬的年轻人来说，逆水行舟，当下是没有生活的，生活总是在别处。别处的生活，是梦想，是温暖，是诗意。当别处一旦变成此处，崇高感迅即变为生活的另一面：残酷。

有没有一个城市，能把假装生活变成真的生活，把虚幻的别处生活变成欢欣的此处生活？

优美的自然环境，自由而开放的生态，有底蕴的物质与人文，精神舒展不压抑，生活丰富不张扬。好山好水，不寂寞！

扬州，似乎给出了一个相对理想的生活样板。

前文只是我作为一枚游客浮光掠影的感受，没承想有很多扬州朋友留言，"崔颢题诗在上头"固不敢当，"望江楼上一醉休""下次来带你去更扬州的景点和美食"，萍水未逢的热情，倒让我与扬州有了某种缘分。

---

[1] 本篇图片拍摄：张卓君。

　　这次再次去扬州，结识了一帮当地朋友，得以近距离感受扬州人的生活。特别是李大帅，堪称扬州人文词典，睿智但不古板，兼有南人的细致和北人的豪迈，对扬州历史地理、民生文化、艺术技艺了如指掌，且自带文人的幽默。一个人，一群人，可见一座城。

　　一座城市的魅力，归根结底是一种内含的生活方式！

　　烟花三月，北京至扬州夕发朝至的一趟专列转夜就没了票，只好坐高铁到镇江，好在镇江高铁站到扬州也只需半小时车程。

　　过去 20 年，扬州经济发展速度不够快，要在江苏拼 GDP 是要认怂的。但扬州是有老钱（old money）的城市，GDP 的绝对值在全国并不低。慢半拍的发展，让扬州没有经历大拆大建，留下了宝贵的土地财富，有了后发制人的底子。时间拉长，拙能胜巧。

　　扬州老城区没进行大规模土地出让和房地产开发，保住了大面积的珍贵土地，这些土地大部分用于建设公园、公共建筑以及筑巢引凤。扬州现在拥有江南保留得最为完整的成片老城，旅游资源丰富；建成了完全开放的市民公园体系，全城配置了数十处全天候 24 小时城市书房，成为真正的人民城市！公园边上，创新园区、智谷正虚位以待。

　　近 10 年，扬州共建成 344 个公园，包括大型综合公园、社区公园、专项公园和口袋公园。公园是城市的气口儿，就好似曾经的北平，"好处不在于处处设备得完全，而在于处处有空儿，可以使人自由地喘气"。

此次赴扬州，为避开烟花三月的人流，特意像当地人一样，去逛了逛城北的宋夹城公园、城南的三湾公园、城东的廖家沟中央公园和李宁体育园，感触良多！

一是公园大而美。扬州历来擅长造园，公园虽是人工的，山水、树木、花草却能处处体现人与自然的和谐之美，人在画中，移步换景，身心俱悦。比起盐商官宦的私家园子，市民公园注重与城市的开放互动，打开了大门，也打开了扬州人的胸怀。

二是以人为本。正如纽约的中央公园、伦敦的海德公园，扬州的公园就在家门口，与城市、与办公、与居所融为一体，且免费，这才是公园的意义所在。三湾公园有非常棒的自行车道和硬质跑道，但有市民提出硬质跑道不适合老年人，于是公园加建了软质步道。

三是健康优先。宋夹城体育公园有适合各年龄段体育爱好者的运动场，李宁体育公园没有高尔夫、马术等所谓贵族项目，但游泳、篮球、网球、乒乓球、击剑等基础体育设施一应俱全，室内网球场一小时 20 元，乒乓桌一小时 10 元。在北京，同等场地的费用要 10 倍以上，而且常常租不到。

李宁体育公园旁边就是广陵区的科技创新园，年轻人在此工作生活，不用挤地铁、跑医院，慢慢和爱人、和孩子一起强健身心、共同成长，真是让人羡慕的事儿！

在公园里两件小事让我印象深刻。一是几个讲解员都很专业，不是背熟了讲解词，而是对城市、对公园、对岗位充满了由衷的自豪感，小人物，大情怀；二是电瓶车前有几个漫步的老人家，

三湾公园——南城起搏器，已融入了老百姓的日常生活

瘦西湖五亭桥

司机放慢了车速，但老人仍未意识到后面来车，司机没有按喇叭，只是温声提示老人家避让。所谓礼仪，就是能为他人着想，这是一个城市的素养。

一般城市都存在东西南北发展不平衡的现实情况，环境差异带来了人群差异，和谐发展并不容易，即使像芝加哥那样美丽的现代城市，南部也是混乱且危险的。但扬州公园体系的建设，特别是城南三湾公园的建设，使城市的不均衡发展得到了极大的修正，杂乱的城中村变成了美丽的公园，一路之隔是智谷。

公园的建设直接提高了人民的生活质量和招商引资的引力，间接提升了市民的自尊心和自豪感，扬州已成为一个能够有机生长的城市。

扬州"公园+"和"+公园"的建设模式，靠的是主政人的远见和坚持，也因大部分监督者对扬州抱有很深的感情，反对"短频快"的发展捷径。

别处大干快上的20年，扬州一直很温暾，踏踏实实地走着未来之路。风物长宜放眼量，健康的筋骨有后劲。

生活在扬州，离不开衣食住行，再加上教育和医疗。

对于衣和行而言，城市差异不大，也乏善可陈。对于饮食，扬州是大盐商的底子，厨子精益求精，人民的嘴也刁。

扬州的饮食，精彩的要数《金冬心》里大盐商程雪门在平山堂宴请两淮盐务道铁保珊的宴席，金农（号冬心）作陪。那桌菜，铁大人的要求是"只想喝一碗晚米稀粥，就一碟香油拌疙瘩丝"；金冬心则是"'一箪食，一瓢饮'，侬一介寒士，无可无不可的"。

扬州美食，食不厌精，脍不厌细

扬州老鹅，其实不老，既是宴席上的头盘，也是百姓家的常备菜，所谓「上得厅堂，下得厨房」

结果呢，上了一桌非时非地且清淡而名贵的菜肴。大家有兴趣可以去翻翻那菜单，通篇透着两个字：讲究！且不说凉菜、头菜、热菜、烧烤，单是"随饭的炒菜也极素净：素炒荬蒿薹、素炒金花菜、素炒豌豆苗、素炒紫芽姜、素炒马兰头、素炒凤尾——只有三片叶子的嫩莴苣尖、素烧黄芽白……"，养眼，也养胃。

扬州饮食的精细名不虚传，寻常食材也会呈现得意外精彩。冶春的蟹黄汤包蒸得火候正好，面皮在料理中锁住了蟹黄的鲜香。端上来时每个汤包都被微微倾斜着摆放，面皮很薄很韧，咬开一个恰如其分的小口，要不紧不慢吮吸，快了会被烫到，慢了则没了镬气，完全是讲究态度的吃法，饱含人生哲理。

时令的青菜是马兰头和金花菜（草头）。青菜是比较难料理的菜肴，原料和火候都要求很高。马兰头清炒，极鲜嫩，一则当地产，二则舍得抛弃，只留精华部分。虽是家常菜肴，在北京的市场和餐馆却绝不可能找到同样颜值和口感的马兰头。金花菜拿来辅佐河豚，色香味俱佳。蚕豆米拌春笋也应时，豆米不老不嫩，春笋却极鲜嫩，遂成绝配。丝瓜、瓠子，都用小河鲜料理，清淡适口。

这次终于吃到了网友推荐的老鹅，鹅头、鹅翼、鹅掌，不咸不腻，确实顶顶香。那种香不是十三香，就是老鹅自有的醇正的香。

至于刀鱼，江上能看到渔民在捕，市场上也并不罕见。但又细又密的刺实在让我很狼狈，无法下嘴，无法下咽，软刺到处飘，不吃又不礼貌，若非吃鱼高手真不要轻易尝试。

刀鱼，江鲜极品，食之不易

居长龙的蟹黄狮子头

　　大斩葵花肉（狮子头）有很多做法，笋丁的，翡翠的，红汤的，白汤的，但最好吃的还是最传统的。这次在一个文化空间的食堂吃了顿饭，据说是乡下雇来的扫地阿姨做的，狮子头极赞。狮子头的好吃在于刀工，一定要把最佳比例的肥瘦肉都大斩为石榴籽大小的颗粒，团的时候讲究手工力道，才能做出口感最好的狮子头。肉馅做的，那是伪狮子头。乡下阿姨在肉团里加了最朴

朱先生和朋友们在扬州自建的花园

素的马蹄丁，而汤则用大量春笋熬制。说起来原料都不稀奇，也不贵。但要做出一道好菜，一定要有对食物的很多爱在里头。

扬州人对房价的态度耐人寻味，当重庆人、昆明人、长沙人为房价滞涨而急不可耐时，扬州人却不以为意，"上海人和南京人来买房，把房子买贵了"。中产家庭至少也有两套房，但他们并不看重房价上涨带来家庭资产的膨胀，而是意识到房价上涨会影响市民的生活和城市的发展。这是一种很超然的理念。扬州人重视的是生活而不是发财。

扬州的市民，很喜欢造园子。小院、天井、阳台，不管面积多小，都拾掇得熠熠生辉，日本京都似乎有一些扬州的影子，不知是不是随佛教传播而去。

老舍先生说："花不多的钱种一院子的花，即使算不了什么，可是到底可爱呀！"当地朋友朱先生，和朋友6家人在近郊租了10多亩地，慢慢建成了一个非常美丽的英伦花园。园子经济投入不大，也不对外经营，有时会邀请朋友来赏花饮茶，投入的心思和劳动更多是为了愉悦自己。其中一对夫妻干脆辞去了民企高管职务，专门帮人造园，年过不惑，终于将爱好做成了事业。

扬州人的占有欲不强。参观扬州工艺美术集团时，朱先生说："我最喜欢这幅《太白醉酒》，经常来看。"这是一幅精美的扬绣，大写意风格，画中的太白恣意潇洒。私自猜测，他其实有能力买回家挂在客厅或床头，但世间好东西那么多，什么都想占有岂不是太累了！

想想有些所谓藏家，为了达到占有的目的，恨不能在地上打滚，脸上只写着两个字：贪婪！真是想不开，其实再大的藏家也不过是保管员。有些评价张伯驹先生的文章立场也完全有问题，想的还是值多少钱。张先生的人格，岂能用藏品和金钱来衡量！牛人安思远一生费尽心力的收藏，不也在其辞世后被拍卖而零落四方！

扬州博物馆的镇馆之宝元代霁蓝釉白龙纹梅瓶，曾在民间一户人家传了6代，保存了600年。目前同类梅瓶传世仅有三件，另两件一件在法国集美博物馆，一件在颐和园，均器形小且有瑕

元代霁蓝釉白龙纹梅瓶，
扬州博物馆镇馆之宝

疵。所以扬州这一件是无价之宝。很多人为原主人叹息，觉得他 18 元将祖传梅瓶卖给文物商店亏大了。但想一想梅瓶正如主人视如珍宝的女儿，没在地震中损毁，而寻到了最好的归宿。这一切岂不是最好的安排！

坚守魔都帝都的新移民各有各的理想，但为"二代"争取教育资源肯定是重要原因之一。两次往返扬州，对扎堆北京上海养儿有了不一样的认识。

第一次从扬州回京，对铺的老人家带着上幼儿园的小外孙，说到北京看女儿女婿，女儿是扬州姑娘，女婿是四川小伙，大学毕业在北京打拼。老人坚定地说外孙上学也在扬州，一是女儿买不起北京的学区房，孩子下楼都没有玩耍的地方；二是扬州环境这么好，教育质量也不差，孩子在公园里跑着跑着就长大了。

上篇小文里意外找到了在扬州的同学。夫妻俩是我大学同级不同系的同学，毕业后回扬州就业，结婚生子。当留京的同学们还在为孩子小升初、初升高焦头烂额之际，人家的孩子今年已从剑桥大学硕士毕业，顺利进入职场。

在扬州，遇到了扬剧皇后葛瑞莲，她和先生李政成都是家喻户晓的大明星。葛姐姐大气温暖，既有艺术家的成熟和丰沛，又有少女的真挚和热情，李先生也十分温文尔雅，完全不像某些明星虚张声势。他们的小儿子已经上了中央戏曲学院。一般理解应是父母打小用心培养的，但葛姐姐说夫妻俩工作很忙，也没有正点儿，所以有粉丝自告奋勇接送孩子上下学，粉丝的车里总是会播放戏曲（扬剧、昆曲、京剧）曲目，所以儿子是被粉丝教大的。这事儿说明，在扬州，"艺二代"活得并不苦，父母不会对孩子过度期待、过度投入和苛求，而是顺其自然。也说明了扬州人与人之间的信任与温情。换作大城市，有粉丝或其他不相干的人说帮接送孩子，估计没人敢冒这个险。

再说说医疗。北京医疗资源最丰富，比如宣武的神内、天坛的神外、阜外的心血管、协和的内分泌和疑难杂症，但抵不住全国的病号蜂拥而至，医院不堪重负，周边的居民反而不太能享用这高级资源。

有个医生朋友曾调侃，"小病不用看，大病看了也没用"。人生的重点是健康地活，而不是挣扎求生。2015 年以来，扬州常年体育锻炼人口比例达到 38.2%，慢性病患病率比全国平均水平低了 6.4 个百分点，人均期望寿命达到了 79.2 岁。如果好好活过、爱过，死也就没什么可怕了！

我的老领导是扬州人，兄弟二人早年都离开扬州在外成家立业，家里老母亲心态好，生活非常有规律，因爱扬州而一直不愿离开故土。近几年在扬州养老院得到很好的照料。前些日子儿孙齐聚扬州看望老人家，老人家非常高兴，其后某日在端坐中安详过世，享年 94 岁。

扬州历史上有三次大的繁荣，因铜盐、因交通、因政策，经济带动文化艺术的繁荣为扬州留下了隐形富矿。现世扬州，有底蕴，有空间，缺的是发展的引擎和动力。成片老城区，虽然美好，但保护性的发展，为老城找到起搏器，远比拆除重建挑战大得多。扬州工艺，历来依附于经济文化、起居往来，行业本身缺乏与时俱进的审美，精湛的手工囿于传承，踽踽独行。科技创新，在缺乏大量高校和科研机构基石的情况下，能否以丰富的城市生活和配套，引领大消费创业创新的集聚？

换个角度看，上述三个方面发展空间都很大。是富矿，就值得去挖！

扬州是一个外来人口容易融入的城市，政府是最大的服务商，而市民的心态也开放包容，不像有些城市，顶着的标签就是"不让外边人赚钱"。实际上，扬州历史上的三次繁荣，都有外来人口的推动。特别是清代，很多盐商、钱庄主人都是徽州人，八大山人，石涛，棋圣范西屏、施定庵，"扬州八怪"除高翔和李鱓外，也都不是扬州人。正是扬州从容恣意的生活方式吸引了各行业的精英，他们把扬州当成了理想乡，扎根于这片土地，激发了生命的创造力，开出了最绚丽的花。

假装生活不如真的生活，生活在别处，不如生活在扬州。

2018 年 5 月

重庆江湖

1

第一次去重庆，纯属脚踩西瓜皮。

1989 年 6 月，停课多时，学校终于宣布提前放暑假。几个云南同学从铁狮子坟徒步到北京站，发现并没有开往昆明的列车。混乱中爬上了 T9，33 个小时一路站到重庆。

为什么去重庆？模糊记得重庆是彼时彼刻所有列车开往的终点站中离昆明最近的。上车没买票，一路亦无人查票，最终出站被拦住，每人补了 5 元车票（距重庆最近一站的学生票价）。年龄小，面皮薄，脸上很尴尬，心里很庆幸。

跑到西南政法学院，在彼求学的高中同学已返乡。来不及失望，他们的大学同学已热忱且不容拒绝地收留了我们。当年通信不便，没有家长追踪押解，正可充充江湖儿女，遂心无挂碍在重庆穷玩了三天。

当年的重庆还是老重庆模样，记得壮阔的两江交汇，上半城，

Gable 在 1917 年拍摄的重庆东水门老照片

下半城，解放碑、十八梯，整个城市依山傍江，山城步道串联起高高低低的老重庆画卷，吊脚楼，小馆子，随处可见穷苦而硬朗的棒棒。学生宿舍楼一进门厅是 5 楼，往下走才是 4 楼、3 楼、2楼、1 楼。道路除了上坡就是下坡，没有自行车，公交司机驾轻就熟，从不刹车，一路直冲下去……

彼时上海的陆家嘴还了无踪影，江北城也不过是棚户平民密集的码头区，热闹而烟火，随处可见的麻辣烫香味乱窜，乘渡轮过江为正式进城。

2010 年，去重庆出了趟短差，为踏勘江北嘴的一个在建办公楼。江北城以小陆家嘴为偶像，正在蜕变为江北嘴，路网、大剧

两江夹击之重庆，江北嘴方兴未艾，来福士工地热火朝天

院、中央公园及保留建筑已基本成型，一个热火朝天的巨大工地。各大开发商正在建设江北嘴或赶往建设江北嘴的路上，俨然不可错过陆家嘴第二。

2018年，工作原因三到重庆。混迹江湖，车行脚走丈量新重庆。

历史已拆，地势还在，高楼鳞次栉比，夜晚灯火交融，穿梭交通，魔幻8D。真实感受这是一座对过去满意，对未来充满憧憬，对当下又心怀惆怅的城市，正如你我他在新时代的心境。

2

3000年江州城，800年重庆府，100年大城市。重庆，生而有料！

重庆古时曾称江州、垫江、楚州、巴州、巴郡、渝州、恭州。公元前 11 世纪，该地是古巴国首府江州。秦张仪领兵灭巴之后，在现今朝天门附近筑巴郡城，乃史载第一次建城。

三国时期，蜀汉李严在江州筑大城，算第二次筑城。

时至宋朝，宋徽宗以"渝"有"变"之意，改渝州为恭州。其后宋光宗先封恭王，后即帝位，自诩"双重喜庆"，升恭州为重庆府，重庆由此而得名。

蒙古骑兵攻破成都，宋军退守重庆。蒙哥在合州钓鱼城外意外身亡，宋军有时间对重庆城进行了第三次拓修，比此前江州城扩大了两倍，奠定了直至明清重庆老城的大致格局。

十七城门，九开八闭，码头繁盛，吊脚林立。

1895 年，重庆开埠，长江航运进入轮船时代，西方工业文明、科技文化、生活方式渐次输入重庆。重庆完成了从中古城市到近代城市的华丽转变，引领西南开放风气之先。

抗日战争爆发后，1939 年，重庆成为战时陪都，重庆第一次直辖。

因为战争，重庆成为工业重镇。抗战期间，重庆工厂向前线输送的武器占整个武器供应的 60% 以上。

1949 年，解放军进入重庆，重庆名义上第二次直辖。

1997 年，重庆直辖市正式挂牌，重庆走到了第三次直辖，市辖面积 82400 平方千米。

重庆简称渝，现代人不再有徽宗的惧怕，历史告诉我们，变，才是恒久不变的主题。

金光闪闪的双子座（国际金融大厦、喜来登大酒店）

高楼夹击下的能仁寺

3

历史悠久、开埠较早、工业底子厚的重庆，自然会有先天优越感。重庆直辖市以人口最多、地域最大、GDP总量第五正望成为西南霸主，解放碑、朝天门、化龙桥、江北嘴、观音桥、弹子石、沙坪坝，多中心城市正在崛起。

但产业结构、城市地位和远大目标有些不匹配，小马拉大车的崛起就显得比较吃力，内外都有些拧巴。

重庆直辖市有其特殊性，其直辖市域面积相当于海南省、台湾省、天津市的市域面积之和，但主城区面积仅5000多平方千米，只占全市面积的6%，导致人均指标倒挂，人均GDP、人均收入等多项指标均在主要城市中排在倒数的位置。

洪崖洞闪耀着草根的光芒

从办公楼供需看，主城区经济总量及人均 GDP 等各项指标的水平，决定了重庆的城市经济发展水平和经济体量处于二线城市级别，而直辖市和西南龙头的定位推动写字楼的开发建设直接看齐一线城市。写字楼供应量超过城市级别，这是很多问题的根源。

作为中国传统工业基地，重庆在汽摩、装备制造等第二产业优势明显，目前是中国最大的汽摩生产基地和全球第一大笔电生产基地。

但作为超级直辖市，中心城区缺乏核心起搏器，第三产业占比不高，对办公楼和城市活力的拉动就十分有限。

目前重庆办公楼整体空置率 50%+，相比北京整体空置率不到 8%、金融街低于 2%、中关村大约 1% 来看，真是触目惊心。办公楼的租售价格都经历了高位下滑，目前还在下行通道，等待第三产业的慢慢崛起来拯救。

5 年前通过 8% 保底回报买入的机构，现在正面临无法退出的尴尬。本地开发商，不大拎得清机会成本与闲置成本，一味死扛。

重庆是大城市，还不是大都市，还在野蛮生长。

4

香港和上海是成熟而高级的，旖旎的维多利亚湾，静谧的黄浦江，映衬着东方之珠，缠绕着小陆家嘴，办公楼讲究的是有没有 LEED 金级，商业讲的是物质和精神的全面洋派，兰桂坊和新天地被夜间出没的人所定义……

重庆虽然也倚山临水，发展却很江湖。长江、嘉陵江历来就

重庆小面馆

不驯顺，即使枯水季也可想象汛期的滚滚东逝；解放碑的摩天楼、寺庙和老居民楼挤成一团；城铁从居民楼里呼啸而出，过江索道和江上游轮互致问候；江北嘴基本建成，嘉陵江对面朝天门的来福士张牙舞爪力求后来居上，而长江对面那个浑身金光闪闪的建筑日复一日考验着人们的审丑……

重庆的夜晚很魔幻，江北嘴和解放碑的高楼灯光交相辉映，巨大的城市标语和商业广告互抛媚眼，在两岸高楼夹击中，洪崖洞闪耀着它草根的光芒……

整个城市，混乱中有一种勃勃生机，有一种野性的力量。这种力量来自山水的对抗，而不是妥协。这是一座风格桀骜的城市！

重庆的住宅，经历了十年不涨到一年翻番，办公楼下行中的住宅暴涨，赚钱的大都是游资，是外地炒房团，本地人一来有房住，二来没有太多闲钱，三是尚未反应过来都已经涨完了，一看土地储备量还很大，算了，钱还是用来好好过日子吧！

帝都和魔都的新老人儿，都有买买不动产对抗时间的心性。而重庆是码头文化，江湖儿女见惯了来来往往过眼云烟，有则有，没有也就算述。最上心的还是热辣辣的寻常日子，寻常日子就要开心，最开心的是吃得有味！

5

下午五点半出海航大厦，花了半个多小时才叫到快车，还是拼车。巨堵，一步一挪，随时要吻上前后左右的车，花了40多分钟才奔突出解放碑。跟着司机听了一路"吃在重庆"，江湖，热辣，六月的雨天里冒着腾腾热气儿。

司机步步惊心，乘客倒可从容浏览路边各色面馆，豌杂小面、麻辣小面、鲜椒鸡面、牛筋面、肥肠面、担担面……配上红糖锅盔、红糖醪糟、红糖汤圆，15、20块吃饱吃好。有小面温暖的人生，哪有那么拮据，那么艰难，那么烦恼！

也许，所有的知足常乐本是无计可施……时间走到这个节骨眼上，过去风光，未来也许风流，但眼前并没有太多被机会眷顾的可能。好好活下去，才能看到未来！

火辣的重庆火锅

江边来一顿地道火锅——镇三关！火锅不要鸳鸯的，不辣，那还叫重庆火锅吗！辣还是微辣倒是可以选一选，不过他们的微辣并不是我们的微辣。

半锅干辣椒，一大坨浓缩老汤牛油，咕嘟咕嘟翻滚起来，鸭血嫩，毛肚、鸭肠爽脆，江鲜美味，黑

红糖凉糕

豆腐香，长而绿的莴笋片清甜，嫩、爽、鲜、香、甜，最后都归为麻辣诱惑，吃一口倾倒，吃两口着迷，吃到最后，所有孤孤独独都会被"咕嘟咕嘟"融化，也不知到底是痛苦还是愉悦，是麻木还是清醒。

吃完火锅一定要叫一份红糖凉糕，甜甜的，凉凉的，给几近燃烧的口腔肠胃轻柔的抚慰，痛苦过去了，留下了古道热肠、重庆念想。

出门忽然看见一家"椒艳"，尖椒兔、泡椒兔、辣子鸡、老麻牛仔骨、剁椒蹄花……90%都是硬菜，每个盘里都堆满了辣椒、花椒和姜片，吃客爆满，土话弥漫。不麻辣，不成活！这是扬州早茶、广州大餐没法理解的菜里江湖。

6

离开的那天，出租车司机是个欢乐的胖子，着装随便，满嘴俚语。忽而放着振聋发聩的江湖音乐，忽而大声和朋友电话聊天相约吃喝，让我忽然想起《无法触碰》（*Intouchables*）里那个黑人护理。

比起魔都放着若有若无的轻音乐，一句多余话都没有的司机，或者动辄谈论国际局势、国家大政的帝都司机，显见这重庆师傅职业指数为零。但你，并不忍心破坏他的欢乐。

你遗憾的是自己早早被职业驯化，已忘了欢乐是怎么回事儿！

2018 年 12 月

成都五味

地震

2008 年 5 月，汶川大地震后一周，我出差到成都。

领导的女儿刚上小学，天天关注抗震救灾前线报道，语重心长地交代：你们，千万别给灾区人民添麻烦！

公司在灾区有几处承继房产，买财产保险时鬼使神差加了地震险，需要在第一时间和保险经纪公司前往现场核保。

保险经纪公司是个小公司，总经理电话沟通时好说歹说坚决要到机场接机。某总是个中年男子，头发蓬乱，面色沧桑，但眼神温和清亮，姿态诚挚友好，奔波但不厌世。他带我们穿过一片灰头土脸的车，径直走向一辆半新的夏利。到跟前才发现，某总的车，是旁边那辆几近报废的奥拓。

此后两天，搭乘兄弟单位一辆有抗震救灾通行证的吉普，去了汉旺、什邡等地核查资产。房屋倒塌，街道堵塞，钟表停摆，停工停课。但路边临时锅灶麻辣烫、回锅肉照样吃起来，并不见哭天抢地的情形。四川人，是"云在青天水在瓶"的实践族。

比起重灾区的混乱纷杂，成都分外冷清。兄弟单位的同志们还有亲历大事的兴奋后遗症，描述大楼的左摇右晃和人员的逃生仿佛在谈一件趣事。

余震时有，酒店里除了我们，只见到一队志愿者，餐馆也没几个客人。当地人倒是少有逃离成都的想法，反而说成都是福地，商品房又在降价促销，劝我们不如顺手在成都买套房。

此后也出差，办会，过境……匆匆来去，夜夜赶工，未及对成都有些许认识，颇为遗憾。

十年过去了，成都欣欣然活着，变着，丰富着，乐享着……2018 年，研究了诸多投资案例和不断推陈出新的城市名片后，终于再次前往成都，认真触摸这座城市。

成都，是融合了历史、文化、时尚和烟火的人间，是坚持活在当下的模范。

前传与正传

成都前传是古蜀。

李太白《蜀道难》中总结"蚕丛及鱼凫，开国何茫然！尔来四万八千岁，不与秦塞通人烟"。蚕丛及鱼凫，开创了古蜀国大业，后两句四万八千岁则是太白爷一向的浮夸风，但也说明了"蜀道难，难于上青天"。古蜀国在相对封闭的盆地中，发展出了独特的古蜀文化。

清·袁耀《蜀栈行旅图》

　　三星堆和金沙出土的城镇、人物、金器、青铜器、祭祀场景，符合学术界对文明的界定。《华阳国志·蜀志》记载，蜀人的先王蚕丛"其目纵，始称王"。三星堆人像面容（纵目）和发型的神奇和古埃及法老有一拼，而金沙出土的"太阳神鸟"金饰则成为中国文化遗产的标志。

　　古蜀文化渊源扑朔迷离，出土文物精彩绝伦，消失得决绝神秘，又没有文字，给认知和研究带来巨大困难的同时，也给参观和审美带来巨大震撼。

　　遗憾的是多次赴蓉都未来得及去三星堆和金沙，只在回京后到国博看了"古蜀华章"展览。布展很精彩，三星堆文化、十二桥文化、青羊宫文化，将古蜀文明作为一个整体来观察。但估计考虑到当地博物馆仍需持续开放，虽然国博展品十分精美，但并不见三星堆的镇馆之宝金杖、纵目人面具、大立人和通天神树（建木），也没有金沙的太阳神鸟金箔、大金面具和太阳冠小立人，实在是招惹大家必须再去一趟成都。

　　东周末年，蜀王开明九世将都城从广都樊乡（今双流一带）迁往成都。《太平寰宇记》记载，周王迁岐，一年成聚，二年成邑，三年成都，"成都"之名乃向此致敬而得。

　　此后两千多年，成都城名未变，城址没有迁移，这在中国所有城市中绝无仅有。成者毕也、终也，成都就是最后的都城，想来真是福地！

　　公元前 316 年，古蜀国亡于秦。东晋史学家干宝《搜神记》记载，秦张仪造城，屡建屡塌，忽见大龟浮江至东子城东南隅而毙，依龟筑之，终于建成。成都谐名龟化城，而成都人所称的"龟儿子"亦由此而来。

自此，蜀地的盐矿和铁矿为秦朝统一六国提供了源源不断的财源和武器。

汉武帝时期，在巴蜀地区设立了益州，成都是益州刺史的治所，此后大都沿用此格局，唐代所谓"扬一益二"，并不是成都改名益州。

唐明皇入成都避难，李白在《上皇西巡南京歌》中难得谄媚："九天开出一成都，万户千门入画图，草树云山如锦绣，秦川能及此间无。"

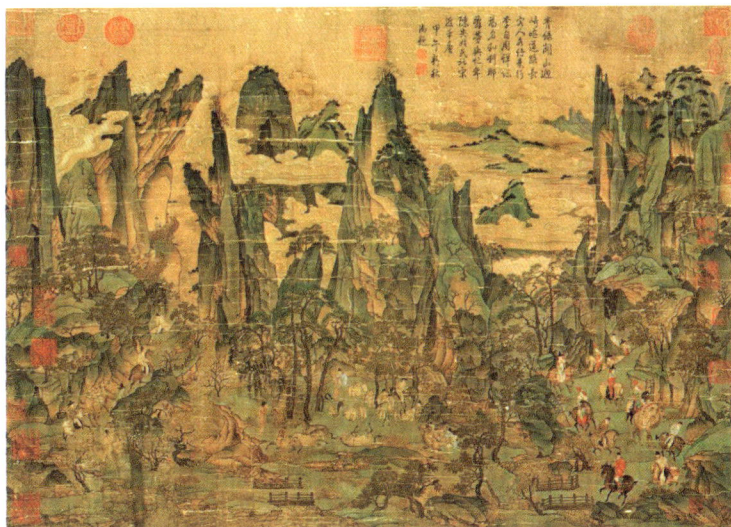

唐·李昭道《明皇幸蜀图》

后蜀孟昶为讨才貌双绝的花蕊夫人欢心，命人在城墙上遍植芙蓉树，秋高气爽，四十里花开如锦，别称芙蓉城，这是"蓉城"的来历。

可惜赵匡胤为花蕊夫人远征，孟昶自缚请降，花蕊夫人一气之下写下"十四万人齐解甲，更无一个是男儿"。

公元 1644 年，张献忠入成都。两年后清军攻入四川，两军激战，成都全城毁于兵燹。一座繁花似锦的名城五六年间竟断绝人烟，成为麋鹿纵横、虎豹出没之地。

现今成都老城的格局基于康熙、乾隆年间的两次重建和扩建。湖广填四川，成都慢慢恢复了生气。

商都

成都历史上无太强势持久的政权，也不是秣马厉兵之地。唯一三分天下的蜀汉，也不过两代而亡。

成都物华天宝，人杰地灵，兵家意识弱，没有抹杀个性的隐忍，文化、生活欲望强，精神与物质从来都不冲突，从来不会互相嫌弃。

远有才女卓文君当垆沽酒，司马相如掌着柜的同时还洋洋洒洒写着《子虚赋》。近有李劼人杜撰着天回镇第一美的少妇蔡大嫂，还和厨艺高妙的夫人研发小雅菜馆的厚皮菜烧猪蹄。这样暖乎乎的理想生活，何尝不是中国梦！

成都是一座自由都市，工商业历来比较发达。以工商为骨，文学为肉，艺术为血，不同于中原一统江山的坚韧气质，也没有北方民族征伐占有的霸道，2000 年来一直松弛而活泼，是一个特别的存在。

作为商都，商人不需要政治家的远大抱负，也不需要兵家的坚忍不拔，却拥有与生俱来的幽默与明朗、灵活与变通。

西汉时期，成都丝织业空前繁盛，设置锦官城，并衍生了蜀绣，"若挥锦布绣，望芒兮无幅"。

汉景帝时期，成都已有"文翁石室"书院，涌现大批文人才子。只是巴蜀人文底蕴一直有"非中原正统"的烙印，从司马相如、扬雄到陈子昂、"三苏"，身上全都有"非典型"文人标签。"前不见古人，后不见来者。念天地之悠悠，独怆然而涕下。"

唐宋时期，成都的造纸业、印刷业一枝独秀，北宋富商首创"交子"纸币。同期也是文学艺术发展的巅峰，音乐、歌舞、戏剧和绘画已非常繁盛。李白、杜甫、白居易、刘禹锡、杜牧、李商隐、韦庄都留下了名篇佳作，还出了个女校书薛涛，与韦皋和元稹留下了热烈而遗憾的爱情唱和。

镋钯街与崇德里

因为要调研城市更新项目，特意挑了个老城区的设计酒店——崇德里。

穿过太古里熙攘的人群，沿着龙王庙低矮的老房子，在一片烟火气中拐入镋钯街。

2018 年英国权威旅游指南杂志 *Time Out* 评选出"全球最酷50 城市街区"，镋钯街排第 19 位，超过上海法租界（第 29 位）、香港湾仔（第 35 位）和北京三里屯（第 49 位）。

50 街中包括纽约曼哈顿、伦敦佩卡姆等著名街区，马德里的 Embajadores 街区位列榜首。

所谓酷，应该是多元包容而又强烈本地化、生活化，传统中透着丰富，平实中闪耀着真理，柔和、从容、无言而自信，让人着迷而沉醉。

左找右找，一座欧式公厕旁边，青灰色石板路突然入眼。

崇德里始建于 1920 年，曾是李劼人的嘉乐纸厂旧址，也是抗战时期四川文艺界人士的聚集地，后来作为崇德里小学校沉寂下来；汶川大地震时，墙体震裂而成危房。

老城改造比重建费时费力费钱，为的是保留慢生活的老成都气息。60 余米的青石板小巷，谈茶（tan ca）、吃过（ci guo）和驻下（zu xia）三个独立又融合的空间，由三个百年老院子和一栋 20 世纪 80 年代教工宿舍改造而来，完美地保留了老成都的"外壳"与"骨架"，房檐尖、墙体糙，梁柱依旧，木门嵌在青石墙里，内里则是德国、丹麦和日本融合的现代简约风，纯白纯方的洗手池和浴缸，Bulthaup 整体橱柜，Hans J. Wegner 的椅子，Ingo Maurer 的吊灯，舒适而貌美。

设计师和主理人是旅居海外多年的返乡艺术家，意在打造现代都市中的一条回家路，这条路，走向休憩空间，也走向游子内心，芥子藏须弥。

这样雅致的酒店，和旁边的老旧居民楼，不足五米距离。

崇德里项目改造经得起全面推敲，运营却难以恭维，所有员

成都保护建筑活化，崇德里之谈茶、吃过、驻下。一位附近的老居民悠闲地坐
在谈茶茶馆门槛上看报

工都像临时拉来顶班的，前台手忙脚乱，解决不了任何突发情况；"谈茶"小哥十分冷淡，好像我欠了他工资；"吃过"的早餐勾不起食欲，豆浆和油条还算香浓，想多要一份却没有了。除了"驻下"的 12 间客房入住率很高，"谈茶"和"吃过"门可罗雀。

也许一个太随性的城市比较难培养职业化的团队，而成都不是上海，鲜活的锐钯街并不能给过于精致的崇德里提供恰当养分。

锐钯街的老建筑、日料店和咖啡厅，充满年代感的杂货店、卤味店、小吃和水果摊子，来来往往的日常，丰富而便利的生活，让我看到活色生香的成都，看到成都流动的历史，看到无言中生出的无限活力与希望。

在这儿，时间与空间都不大重要，日复一日，有滋有味。实在留恋卤味店和新鲜水果摊子，返京时破天荒不怕人嫌弃带了一大包油腻的卤货和一大袋子阳光玫瑰青提，太新鲜，太好吃，真便宜！

检讨在宽衢大道紫禁城边的二手生活，真妄想着把这一条街打包带走！

太古里

宽窄巷子和锦里，游人如织，除了建筑风格，看起来和王府井、南锣鼓巷差不多，流淌着最无趣的热闹。翟永明的白夜酒吧，也褪去了新锐的锋芒，苟延残喘。

成都永远都在推陈出新，时尚感和消费力不输北京上海，最新最潮最有味的是大慈寺片区之远洋太古里。

大慈寺始建于魏晋，极盛于唐宋，因其历史悠久、文化深厚且高僧辈出，被誉为"震旦第一丛林"。南宋末毁于火灾，明末复毁于战火，清晚期重修，占地只剩 40 亩，现如今只剩 27 亩，仅有繁盛时期的五十分之一。

大慈寺片区还有明末清初的 6 处遗留建筑，以及数条沿革几百年的历史街巷的名号与脉络，整个片区复兴前有气无力地沉寂着。

比起邻近九龙仓 IFS 和铁狮门晶融汇的一味国际化、现代化，远洋太古里才是真正有成都韵味的现代建筑。

设计师郝琳博士在北京出生长大，复往欧美受教育，通晓现代建筑手法，带着强烈的文化哲思，将历史、文化、建筑、街道、园林风水和本地生活方式打散重构，注重的是街区人与人、人与环境的沟通和温度。

太古里超越了单纯商业，成为城市肌理的一部分，唤起了老成都的新活力。

太古里有丰富的商业品牌和体验空间，包括某些超大牌的亚洲旗舰店。老建筑也得到了保护性修复并全部投入使用，恰当地使用才是最好的保护。

民国初年的广东会馆，用于表演和多功能展览，欣庐变身为BLANCPAIN 腕表专卖店，马家巷禅院变成了雅致餐厅，章华里成为 SPA 会所，晚清笔帖式街 15 号原为满汉文字翻译所，现在是博舍酒店的入口，字库塔作为古董碎纸机，提醒人珍惜文化。

老建筑为新设计的开放性和流动性带来了转折和沉思，暗含

成都太古里夜景

成都慢生活，老茶馆、老茶壶

着时光之力量，犹如旋涡之深邃美丽，转角遇上，难免有枯木逢春的感动。

偷得浮生半日闲，不妨移步大慈寺银杏树下喝杯茶，也许会遇到成都非典型文人、诗人，闲聊几句，研习下成都盖碗茶的规矩。出门转转店铺，看看无处不在的设计和小品，在方所书店流连。夕阳西下，到禅院老房子饮杯小酒，漫步笔帖式的图书馆和艺术中心，摸摸兜里还有钱，就到博舍做个美梦吧！

万达广场那种千篇一律的逐利和消费空间很快让人疲惫，成都太古里则像中国卷轴画，层层展开街巷和故事。总有一些细节让创造者无法入睡，总有一些细节让你流连忘返。

火锅

傍晚，等了差不多 40 分钟，终于坐在了川西坝子的火锅前。

服务员迅捷地端来了清油和骨汤鸳鸯锅底，相比热辣的牛油锅底，清油温润又不失麻辣，还有鲜藤椒加持，不似重庆的火爆，正是成都的娇媚。

点火，红白汤汁散漫而愉悦地沸腾起来，人也由紧绷变为放松，慢慢进入舒爽的口腹之旅。

川西坝子是准无人餐厅，开火后发一个手环，服务基本结束，仿佛进入了共产主义，可以随心所欲任性自助。火锅是中餐的最低纲领，也是最高纲领，包容、随性、丰富，什么都可以往里烫。

店里菜品繁多且十分新鲜，价位不同而用不同颜色的冰盘盛放，取完一摞往计价台一放，立马显示应付费用，刷手环取走，异常高效，我忽然意识到成都也是玩转电子信息的浪潮城市。

嫩的牛肉、兔腰，鲜的鳝鱼、黄辣丁，韧的鹅肠、千层肚，脆的兔耳、黄喉，按照各自本分在麻辣清油里滚一滚，在蒜蓉油碟里蘸一蘸，裹挟着镬气进嘴，迅速唤起牙齿、舌头的亲近欲望。

成都的麻辣完全不暴力，只是为唤醒味蕾，从而去感知丰富独特的味觉层次，而嫩韧鲜脆是那样年轻鲜活，兴致勃勃，仿佛成都从来不曾老去。

配菜最佳当属莴笋尖，南方的莴笋不似北方的粗大寡白味淡，而是娇小碧绿润泽的，正如成都女子的活泛水灵。菜市场的莴笋大都将顶着些许菜叶的笋尖切下单卖，或曰凤尾，窃以为是火锅收尾之良材。先在清油锅里烫一个，外表的麻辣裹着内里的清甜，加上欲拒还迎的微脆，滋味层层递进。再在骨汤里烫几个，淡妆脆甜。微倦，来碗甜豆花，火锅也渐渐平息，沉沉睡去。

第二晚，忍不住又去了谭鸭血太古里店，令人发指地等了一个半小时，中间去转了副食店，辣椒花椒有 10 多种，煎炒炖煮泡，用途各不同。还去买了袋现炸酥肉，刚出锅，炙热，夹到纸袋里，撒上辣椒面，大约是等饿了，吃出了儿时过年不打折的欢喜。

谭鸭血的有料锅底真的有料，堆满了花椒、辣椒、细碎的黄姜、蒜蓉、浓缩老汤牛油，还有卤豆腐干、鹌鹑蛋和几片鸭血，招牌谭公鸭血 8 元一份。大约因口味不坏，价格公道，从中午到凌晨，生意异常火爆。

随时看到抱着几个月大或蹒跚学步的婴儿吃火锅的当地人，对于成都人，火锅是戒不掉的日常，育儿似乎也不是什么需要小心谨慎的事儿，而市井中长大的孩子接地气，生命力反而更强盛。

和山租司机聊了聊，他们并不在意什么必吃榜网红店，本地人爱吃嘴刁，能活下来的火锅店应该都不差，有些非连锁的反而有自己的独到之处，需要有当地朋友带着才能在深巷寻到。

犹未尽

中国人得意时信儒教，失意时信道教，绝望时信佛教，教义与己相背时会说"人定胜天"。

成都人则一成不变地信生活，没有太多"伟光正"形而上的念想，随性热烈，实用主义，安逸着，巴适着……

一辈子，也值了。

2019 年 1 月

第二部分　飨宴

投资人的治愈系菜市场

2011 年，因项目尽职调查需要出差半个多月，不巧帮忙的孙姐临时宣告要回家照看她娘。抓瞎的我，只得求助父母亲。

父母从北京逃之夭夭好些年了，母亲的印象还是那个没有窗户的厨房，二老非常不情愿再来又热又燥的北京。

北京太大了！城市太大，话题也太大。架不住我软磨硬泡打外孙牌，最终老父电话我："你说清楚，到底需要多长时间？""俩月，保证就俩月！"

等我从上海回到北京，家里餐桌已然变了模样。每天换着花样，有鸡汤、鱼汤、骨头汤，荤食有粉蒸排骨、牛肉凉片、红焖牛尾、黄笋烧排骨、柠檬辣子鸡、酥肉、千张、百合蒸圆子、糖醋小排，爨荤小炒有藕丁、蒜苗、藜蒿、红椒、苦瓜、药芹，清炒的有木耳豆腐、豌豆尖、丝瓜尖、茼蒿、豆皮莴笋、半亩园（毛豆玉米粒）。

那时，我才知道离家两站地有个富国里菜市场①，二老隔天就坐

---

① 富国里菜市场已于2017年拆除。

公交车去采购一番。怨不得儿子四五岁时我带他回外婆家，菜上桌时儿子两眼放光，拉拉我衣服："妈妈，他们家饭比咱家饭好吃！"

过上舒坦日子的我自动忽视了爹娘的归期，终于有一天，爹娘完成俩月任务欢欢喜喜回大理去也！临走时母亲说："不知道你们俩忙什么呢！"老太太是个智慧的人，乍一听是不明觉厉，似乎我们都是干大事的人，实则不以为然。生活！生活都顾不了，瞎忙啥呢！

找不到合适阿姨，面对嗷嗷待吃的几张嘴，我不得不直面现实，痛下决心好好承担中馈之责。做菜，对我而言并非难事，做了母亲 20 多年的食客，看，也看会了。只是突然多了一件要操心耗时的事，真真是个负担！

巧妇得先买菜。平时没工夫，周末不得不去趟菜市场，采购一周蔬食。没承想每周一次的菜市逛，恰是紧绷城市生活的那道裂缝，让光，漏了进来；让一个迷失的理科生，一个孜孜矻矻的投资民工，回归生活的本质，重新找到人生的可爱！

富国里菜市场远没有三源里菜市场那么体面，但正是一个菜市场本该有的气质，热闹，丰富，亲切，乡里乡气，无法深沉，太不庄严，藏不住的烟火气。这里不是世界，这里只是一伙人的日常，是大北京最鲜活的小存在。

进门是陈生的一号土猪肉档，档手是个来自甘肃的胖小伙，倒是个人才，利落、老练，又不失纯朴亲切，能在多个挑挑拣拣的顾客间友好切换频道，不谄媚也不冷淡。有时肉按要求切下来顾客又不要了，小胖也不摆嘴脸，很是大气。

排骨和扇骨是我每次都要买的，排骨上带的一小块五花最为细腻，剔下来做爨荤小炒，有恰到好处的肥甘。梅花肉肥瘦相宜，适合做汤丸子、蒸肉饼。遇到小而厚的猪肚，一定买，酱猪肚、黄芪猪肚汤、阴米猪肚煲，都是女儿爱吃的。

熟客买得多时，胖小伙通常会送一点儿肝尖，若顾客嫌弃内脏，他立刻换成一小块鲜亮的肥瘦肉。

海鲜档品种很多，悠悠游的鱼和蹦蹦跳的虾，鲜活劲儿拖住买手们的脚步。

入秋后，我每周都买条黄花鱼，鱼老板很麻利，听完要求，三下两下已处理得干干净净，也比超市便宜得多。

摊主的女儿两三岁，亮晶晶的眼睛，百无聊赖地坐在高台上数百元大钞，摊主得空从娃娃手里夺过钞票塞回钱桶里，娃娃吃了一惊，并没哭闹，自我解嘲似的咧了咧嘴。菜场里长大的孩子，不太容易受伤害。倒是旁边的水果摊主觉得鱼妈妈太粗鲁，拿了个大橘子给娃儿。娃娃咧嘴笑了，白亮的牙衬着红扑扑的脸蛋。嗯，高兴，是容易事儿。

靠墙一溜是杂货铺，我常去的那家是温州夫妇经营的，老板耿直生硬，老板娘却爽朗大气。她家常常有温州台州的野生小海鲜，不高级但是主妇级，适合日常饭桌。咸鸭蛋是生的，因为现煮的蛋黄才够沙够香。香葱是带土的，没洗过，不似其他家的都好像刚从水里捞出来。最重要的是他家有南方来的黄姜，黄姜要比山东大姜纤巧，姜肉鲜黄，香味浓郁得多，不似山东姜一味辛辣。桂圆干也是一流的，肉厚，甜润。

小小的铺子有南北货 100 多种，每样货品都是夫妻俩精心挑选上架的。这些天夫妻俩难掩开心，因为在老家上学的女儿考上了重点高中。

青菜档是最多的，一来需求大，二来本钱少。经营青菜的主要有河南人和湖北人。最常去的一个菜摊夫妻俩都身强力壮，菜品丰富，有不少南方的菜品，能治愈我的思乡病。常买的有秋葵、藜蒿、龙豆、西洋菜、白秆药芹、荠菜、豌豆尖、丝瓜尖、折耳根，而且他家还是唯一供应薄荷的。冬天做羊肉牛肉煲，怎么能没有薄荷呢！

湖北人的菜摊入了冬招牌自然是红菜薹和藕，还有南方的有棱的丝瓜，皮硬，保住了瓜肉的细嫩甘甜。茄子要买南方的细茄子，皮薄，柔嫩，茄子煲或茄子鱼，素食荤做还真考验厨艺！

主打山药的那个菜摊，小老板漫不经心的样子，意不在卖菜。买家偶问他是哪里人，"山东的！"旁边的摊主纷纷拿眼剜他，他也绷不住讪笑了："河南的，呵呵。"他家摊位有些特色，主打根茎类，山药就有 4 种，蒸、炒、拌、煮，总有一款适合你。冬笋没用硫黄熏过，皮暗，但又嫩又鲜。芋头也有好几种，大的荔浦芋头适合蒸肉，红芋煲汤好，芋苗适合葱油炒。

蘑菇摊有十来种蘑菇，是颜值最高的一个摊，夫妻俩也整齐斯文些，精心打理并沉溺于蘑菇的摆放美学。

李渔在《闲情偶寄》中说："至鲜至美之物于笋之外，其惟蕈乎。蕈之为物也，无根无蒂，忽然而生，盖山川草木之气，结而成形者也。""流水高山，奇花异木，香人之物也。"可惜北京菜市场的鲜蘑菇，都是人工培养的，徒有其形，抑或也有蘑菇的咬头，但毫无野生菌的至鲜至美，所以我从来不喜欢。

倒是常常在他家买圆葱，小小的优美的葱头，比洋葱实用诱人。

菜市场门口有些临时摊位，春天总有一个门头沟的半老头卖香椿芽、花椒芽，"自家种的——香椿芽儿花椒芽儿——，多鲜灵啊！"那吆喝声很有老舍先生笔下的京韵。5 块钱 2 把，你要给他10 块，他绝不找钱，强行塞给你 5 把赶你走。只好天天摊鸡蛋了。

逛菜市场的也不只主妇。常常看到年轻的小夫妻，为一道菜怎么做争执不下。也有衣着讲究的老先生，戴着金丝眼镜，围着羊绒围巾，细细地询问每种菜名，沉吟，斟酌如何料理。

放弃"君子远庖厨"的教条，向生活投诚倒也是开明的事儿。

也有带了孩子来的，三四岁的孩子，在地上略站就张手要抱，也许在他习以为常的被照顾的整洁小世界里，菜市场是个可怕的地方！

门口有公平秤，但很少有人去复秤。对于买方，菜市场价格远低于超市，对菜品的挑选要高过对价格的关注；对于卖方，虽然挣钱的心也急，但这是个充分竞争的市场，要揽住回头客，需要诚信，无形中消弭了额外的交易成本。

比起复杂的交易，双方都要聘请律师埋地雷挖地雷，为每一个条款斤斤计较，连轴谈判到深夜，买白菜的交易让我感到爽利！

菜市场是城市中的乡野，是疏离城市的暖源。新鲜，生动，湿润，抚慰我们焦躁的内心，给人生最清晰的提示：活在当下。

花费不多的钱，就可收获满满一篮瓜红藕白菜绿。菜篮子满了，生活就不会无所依托。最日常的菜市，带给我们最流畅的欢悦。

我满心欢喜地在这每周一次的俗务中，持续修行。

千里烟波，广东食记

1992 年，春节前，首次赴粤。

当时我研一，就读北师大经济地理专业。导师们很开明，争取了一笔经费，教导行路和读书同样重要，把八九、九〇、九一级 10 来个学生发配广东游学。

第一站住在华南师大。大学同学小孙在华师读研，满口东北乡音的铁岭人，入粤半年饮食变得讲究起来，穷学生，竟然也要请我们去吃顿生猛海鲜。

讲究的大餐回望不过是大排档火锅，但食材丰富、新鲜，确实也刺激了味蕾。所谓生猛，一是轻烫，二是蘸着生鸡蛋吃。几个人去前就打定了主意见什么都要若无其事，来者不拒，后果呢，第二天集体肠胃造反。

华师的食堂比我北师大的不知好了多少倍！品种多，蔬食可口，也便宜。南方的学生宿舍楼不似北方筒子楼的阴郁，北侧有敞亮的通道，南侧则是阳台。冬日的阳光暖暖的、柔柔的，我们

广州老城和远处的小蛮腰

在这边阳台吃饭，对楼通道一下会冒出若干男生，也吃饭。

也许是我偏见，觉得广东女生漂亮的少，男生却大都耐看，黑亮的眼睛，干净的头发，精瘦的身材，略带羞涩的表情，隔空看过来，微笑。

我还去八五级的越秀师姐家吃了顿家宴，她下班路上买了半成品牛蹄筋，在蜗居里烧成适口的美味，还有些家常小菜，也都合心顺胃，搭配明朗热忱的主妇，吃完又满足又舒畅。鉴于胃里几年积累的大学食堂的惨痛记忆，恍惚想象师姐家的餐桌就是未来的理想生活了。

不紧不慢的日子，热乎乎的世俗，广州真是生活福地！

去顺德，为看家电企业的布局和经营。当年考察了什么？记忆已完全无影无痕，唯独记得顺德人做鱼很讲究，煎炒蒸煲，一条鱼能做出一桌菜来。这体现了南方人物尽其用的务实态度，还有心灵手巧的高妙手段。

印象中还有炒得极生的荷兰豆，似乎只是形式地下了一瞬锅，让我忆起儿时上学路上常常顺手摘了路边的麻豌豆生吃。

2006 年始，因工作关系频繁去广东出差，跑了不少市镇。虽未刻意去觅食，赶上什么吃什么，竟也让胃留下了一痕一痕的记忆，也许这正是粤菜魅力所在。

再次到广州，小孙变老孙，入了媒体行当，嘴也越发刁了。带我去应元路老街吃一家路边店。他吃蛇羹，给我叫了鹅肠、豉油鸡和嫩青菜，极鲜美！

晚间下了工，又拖我去吃日料。我天生脾胃弱，不敢吃生食，

蛇羹

鹅肠的好不只在美味，还在于韧劲，给平民的艰难岁月带来慰藉

呆看他一个人点了巨大一盘鲜艳刺身，要了清酒自斟自饮。听他絮絮叨叨地控诉广东文化贫乏，南人三句不离生意，除了大实话全无情趣，有饭无局很是郁闷。紧接着说他的房一、房二、房三，还有零零碎碎的本钱小、有收益、难发达的投资，慢慢把自己喝到微醺。

公司的承继资产大都有历史遗留问题，暂由建行代管。对于宇宙银行，资产代管是个一时甩不掉的包袱，与业绩无关的工作，勉强支应着。我们踏勘查验资产，催收租子，督促确权，也常常让人不胜其烦。但从人与人的关系来讲，多年后的此时我还是记起了诸多小事并心怀感恩。

彼时常常独自搭公交车在诸城间奔走，好歹也是北京去的人，赶上饭点就在建行食堂蹭饭。一次在江门办完事已是下班时分，对方迟疑了一下，努力协调了一辆快散架的微型车让我搭回广州，并再三叮嘱一人在广东出差要注意安全。现在回想，那辆声噪烟大、随时要着了火的车似乎才是最大安全隐患。

珠海的对接人员是个女士，独身，容颜和身高都像是上帝偷工减料的结果，但嗓音曼妙，态度亲切，举止优雅，隐隐透着一种南人的教养和传承。

下了班她约了我去吃小排档，差不多是家庭厨房的意思，没几张桌，都是小鱼小虾，加工也不特别，用不锈钢盘盛着清蒸，那是我头一回认识到鱼虾的滋味是清甜的，正所谓"浓肥辛甘非真味，真味只是淡"。

在珠海吃过一顿海鲜大餐，是高教社的一个朋友约的。鱼虾都很精彩，但主人几乎不吃，他坚守自己的河南胃，唯一真爱只有烩面，笑称被派驻珠海非常痛苦。那种笑，就是苦恼中年的笑吧！

也曾和派驻珠海分校的老师、师兄吃过一顿饭，老师是北京人，对海鲜也极不感冒，抱怨珠海水不好，让她思乡病重。

人生境遇无常，乐享还得有个开放的心态。

当时有个项目在深圳大梅沙，要从市里坐一个多小时公交车过去。项目情况复杂，历史遗留问题很多，地方机构人员口音浓重，头一次接洽，十句中只能勉强听懂一句，一时又理不出头绪，不免气馁。

跑的次数多了，沟通交流顺畅了很多，慢慢做出了一整套解决方案，推动着谈条件签合同，解决补图纸、补规划、消防改造、加固验收、补地价等遗留问题，不可能的任务一点点被完成。日复一日的枯燥琐碎竟然累积出了好的结果，而人生，亦因时间流逝多了点莫名的意义。

大梅沙的餐馆环境一星，口味五星。其中有一家卖河豚，做法简单，白汤萝卜炖河豚，价格亲民，餐具也就是不锈钢小盆。头一次误打误撞去，并不认识河豚，也不知有毒，只随众叫了一份品尝，未承想味道十分惊艳。南方的萝卜完全不辣口，有节制的清甜，和着河豚的鲜。那汤，鲜甜到了极致，真要鲜掉眉毛！

后来在北京也吃过几次河豚，红汤的或白汤的，价格昂贵，这家或那家的都是一个味，就是没鲜味。听朋友说起（未曾证实），北京各家餐馆的河豚都由一家统一炮制配送，倒有了一种天价吃外卖的感觉。

　　肇庆有岭南故都之称，裹蒸粽名气很大，巨大的一只，独特的冬叶包裹。《广东新语》记载："有冬叶者，状如芭蕉叶，湿时以包角黍（即粽）……盖南方性热，极易腐败，唯冬叶可持久。"冬叶的清香可以入味，也能天然防腐。巨大的冬叶包裹了糯米、绿豆（或红豆）和五花肉（或肘子），很豪气的样子。

　　每每看到粽子，就会想起《围城》里的李妈抱怨丈夫把有赤豆的粽子尖儿全吃了，给她留下没煎熟的粽子跟儿。好在不用担心这斤把的裹蒸粽子，经猛火蒸煮8～10个小时，绿豆和肉都已烂熟于粽米中。

　　只是这粽子很像富人的生活，看着让人眼热，吃了才知道其中的腻烦！

　　某次连日奔波，到阳江已是晚上7点多。阳江的厨子是出名的，但看不起别人也不爱外出高就。要想吃口好的，就得颠颠跑到阳江去俯就。那次有诸多人，饮食应是丰盛的，但我累饿交加，反而没了食欲，只喜咸鱼配白粥。店家见我欢喜咸鱼，嗬瑟自己出产，附送了一整套。所谓一套，就是从腌得极轻的"一夜情"，到天长日久腐乳一样的老咸鱼。食罢，模糊觉得咸鱼里好像有某种人生隐喻，年轻有年轻的好，老有老的妙！

　　广东人爱吃野味，偶尔碰上，常觉尴尬受罪。蛇，我只在昆明吃过一次，并不觉得好，后来看过一篇文章，说蛇皮下有寄生虫，高温炖煮也杀不死，就更不敢吃了。

　　有一次在韶关开会，韶关已完全不是粤菜体系，在农家乐吃

酱腊肉炒增城迟菜心

增城迟菜心

饭，有一味野猪，还有一味什么鸟，像我这样的牙口，两样都咬不碎，只好痛苦地吃点汤拌饭。

广东的野味和我儿时记忆有很大不同。记得小时候和父亲上山，猎人的火塘上熏着一只猪獾（拱猪），7斤，父亲花了7块钱买回家，红烧好了真是香绝！还有父亲同事打猎送的麂子腿，用尖椒爆炒，有点儿像黄牛肉，但细嫩鲜香得多，制成麂子干巴也是难得的美味。现在打猎被禁止，那种美味留在了绵长深远的记忆中。

没了山野之香，野味就只剩了猎奇和野蛮！

要说最喜欢的，还是上汤西洋菜和腊炒迟菜心，只配一碗白米饭，附带一颗爱慕的心。

后来北京菜市场也能买到西洋菜，但这南方的菜儿太娇嫩，难免自矜，被押运到北方就死给你看，味道完全不是那么回事儿了。

增城迟菜心又名高脚菜心，深冬才上市，能长到一米高，但依然皮脆肉软，茎肥叶厚，煮炒易熟，异常甜美。

人生是一场持续修行，不好不坏的工作带我们去往未曾计划的地方，遇见不同的人群，认识独特而真实的地域风情。

工作变动之后，曾经于公于私给过我或多或少帮助的粤人几乎都失去了联系，彼此"相忘于江湖"。模糊的面容，真实的感激，封藏在记忆深处。

只有那些偶遇的蔬食，胃还记得。

2019 年 1 月

年夜饭的守候

1987 年，人生第一次离家，到北京上大学。

那时候交通仍不便捷，从大理乘大巴颠簸 8 个小时到昆明，再坐 56 个小时火车到北京。

离家时我便信誓旦旦地说："耗时，费钱，寒假就不回来了。"父母似乎没表示赞同，也没有特别反对。他们也是打小离家求学揾食，乡愁虽然浓，也并非不能忍受。

至今我仍清晰记得，大学第一学期的最后一门考试，我裹带着行李去了考场，一交卷便飞奔火车站。恶劣的天气、糟糕的饮食已让我一天也不能忍。

彼时我和家姐都在上大学，家里经济虽不至于拮据，但也不宽裕，我活着的方式只能吃食堂。20 世纪 80 年代的大北京，大学食堂之美是便宜，食堂之恶是难吃，难吃，难吃！印象中整个冬天，各食堂各窗口售卖的都是熬白菜。

学校里后来开了一家兰州拉面馆，据说是教育系某位甘肃籍学姐毕业后返乡再返校创业，不做老师做拉面，也算 80 年代的"我命由我不由天"。

某次同屋去买面时偶得一块煮透的牛油，江苏姑娘满怀虔诚地吞下那块油，脸上溢出了笑意和红光，牛油的腻香帮她打通了任督二脉，那一瞬间姑娘貌似人生圆满了。

当年还有一个来自广东的男生，高且瘦得很，为了增肥，听信体育系同学的指点，坚定了黄油信仰，搞了黄油每天补点儿。作为广东人，想吃什么总是能千方百计搞到。

广仔是个仔细人，每日盘点存货，发现"信仰"日渐减少，于是召集室友谈心："兄弟，要吃可以，打声招呼。"结果没听过没见过黄油的同学越发好奇，某日某同学（该同学还是北京大院孩子）登高取下"信仰"准备一饱眼福，结果被黄油主子撞个正着，百口莫辩，至今仍为笑谈。

80 年代的大学生，人生里没有减肥这个词。女生，全都风摆杨柳一样窈窕，男生也都是常年饿饭的模样。

56 个小时的硬座旅途很漫长，困了趴小桌上睡会儿，饿了挤过人挨人的车厢泡袋方便面。剩下的时间，一多半在念想记忆中的年味儿。

12 岁以前我随父母生活在苍山西坡的漾濞羊庄坪水文站，周边是个叫马厂的村子，这听起来是个养马喂羊的地方。乡下山货虽多，但平时要卖了换钱，所以村民的日常都清苦而节俭。自冬至，才一天天热闹丰盛起来。

冬至的乡下，基本都没啥农活了，主妇们开始打糍粑、炒炒米、做米花糖、做卤腐、腌腌菜、腌水豆豉、腌皮萝卜。这些事虽做起来耗时费工，但鲜有人家不做，一来乡下历来重视年节，二来主妇们都有些比拼的意思，乐意用暇日的忙碌和热闹，给一年带来丰盛的好意头！

乡下杀年猪是比年夜饭更重要的事，杀年猪既是过去一年的绩效考核、人情盘点，也为过年准备出丰富的食材。记得我家杀年猪时要宴开好几桌吃流水席，除开做火腿的猪腿外，要吃掉半头猪。

村里的老人们都会来，通常还带着孙儿，做火腿、腊肉、腌生、香肠、血豆腐肠以及做宴席的都是邻里义工。众人拾柴火焰高，每个人都兴致勃勃，老人和小孩子尤其开心，真感觉"物质极大丰富，人民为所欲为"，有一种暖洋洋的丰盈。

等香肠腊肉风干得恰到好处，父母就会拾掇两大包年货带我们回老家过年。老家在下关近郊的一个小村子，和洱海隔着一个龙山。

除了亲人团聚的意味，单就吃而言，过年还是很纯粹的。年夜饭通常是白族的土八碗，炸酥炖煮，有蒸有余。村子靠山临湖有菜园，食材都天然新鲜，又有年猪腊味点缀，木瓜酒、梅子酒管够，年的滋味和兴致都很浓郁。

记得那时的压岁钱多去买了一种响纸，红纸上星星点点鼓起来的是火药，撕下一个搁地上，用鞋底使劲一踹会有爆响。响亮而热闹，是祖祖辈辈传下来的生活样本。

白族过了春节后接着过本主节，直到过完十五才兴尽阑珊，回归一年的辛苦劳碌。

本主是大理地区白族特有的宗教信仰，本意"本境福主"，是一个村或几个村的保护神。本主谱系名目繁杂，有传说中的神，也有历史上的人，也可能是自然神。繁杂程度似希腊众神，松散度则像区块链。本主是"头顶三尺有神明"的行为督导，也是辛苦人生的心灵慰藉。

从大二起，我断断续续有多年春节没有回家。大二寒假和同学去了哈尔滨，在松花江看冬泳，在太阳岛上吃饺子，回北京还逛了庙会，欢乐得不想家。

有一年是在学校食堂提前吃的年夜饭，隐约记得有烤鸭，之后和几个同学相约去了华北电力学院。作为东道的同学按老家习俗早早买好一只鸡，准备大年夜喝鸡汤。结果，宿舍里活鸡咕咕乱叫，几个人面面相觑，不知如何下手，最后煮面条啃烧饼当了年夜饭。

考研那年，和一个福建的同考帮一个回家过年的老师看家。老师现在已做了副校长，当年的家也就是筒子楼的一个单间，唯一值钱的家当是一台小电视，我俩白天去图书馆苦读，夜深回"家"看电视，不亦乐乎！那年回家返校的同学给我们带了各地的腊肠。

还有一年在导师家。师母是宁波人，做了蛋饺、螃蟹、雪菜烧黄鱼。老师是山西人，包了饺子，南北杂陈。

婚后有几年春节在山东婆婆家，菏泽地区的风俗就是年三十和初一只吃饺子，平淡的餐桌养育的山东娃娃倒是个个红光满面。

2008年春节在墨尔本，和三位当地老人家一起吃的家宴。老外深谙极简之道，一盘冷切肉片，一盘沙拉，以为是头盘，没想到没有主菜了，面包红酒，加一个草莓点缀的玉米片，都不管饱！只是，这样的饮食也不耽误他们长得人高马大。

没回家过年，要说理由当然也有，最初是因为路远、省钱、贪玩。后来为看世界，中间还有因孩子小不适合移动种种，父母也一直秉持不强求的态度。

离家日久，一年年独立硬朗起来，赤子之心也蒙了世尘，对团聚与别离、欢欣与哀愁都日渐淡漠……

近几年彼此心里都有些微妙的变化，老父老母开始叮嘱："过年回家啊！"忽然间意识到，其实父母年年都在守候，只不过他们之前不言语罢了。而我人到中年，对岁月之逝也开始敏感，对做"父母的孩子"变得贪心，开始期盼纯粹的过年，期盼能承欢膝下，热热闹闹地吃年夜饭。

机票再贵，也要提前两天赶回家。从前利落能干的母亲，虽然走路做事还是急脾气，现在要准备一大家子的年夜饭，竟然也有了怵意，必得女儿外孙女帮忙才能笃定。

大理没有官府菜也没有文人菜，没有参燕鲍翅这些高大上的食材，也没有风雅魅人的菜名，但家家户户的蔬食吃起来总是合心顺胃，吃不着时常碎碎念，全都因为魅力天然。一位同乡，抱怨北京的总结陈词永远都是"喝不着鸡汤"。

心心念的鸡汤主要还依仗食材。家姐早早就订好了无量山的"飞鸡"，那里的鸡吃虫子喝山泉晒太阳，整天在山里疯跑玩耍，野性足，会飞，夜里才捉得到。鱼每年都是表哥送来的，十几斤重的青鱼，用湖水氧气装了袋，需得两人才能搬动。火腿是陈年的，香肠、爆腌肉母亲照例掐着点做好，腊鹅、牛干巴是回民朋友送来的，乳扇、乳饼也新鲜送到，储藏间里弥漫着年根儿特有的腊香奶香，惹得黄狗总在门口瞭望逡巡。

老父的菜园子里种着韭菜、三月青、折耳根、香葱、薄荷和芫荽。李渔说："韭则禁其终而不禁其始，芽之初发，非特不臭，且具有清香，是其孩提之心未变也。"三月青种在围墙上，棵棵都是很成才的模样，叶比掌大，煮汤却极嫩，青菜豆腐汤，清清白白，最适合年节解腻。老父是个有追求的菜农，买了豆油饼发酵后作肥料，纯有机蔬菜，虫子难免时时光顾。

虽说有儿孙帮忙，年夜饭照例由母亲主持。母亲是处女座，凡事讲究认真，菜单已早早罗列好，年三十一大早就揪着我们上街照单买菜。

白族讲究初一不动刀，初二初三也要休养生息，所以要把四天的菜都买好。

年三十的菜市场只开半天，却是一年中最繁闹的，摩肩接踵，吵吵闹闹，比起日渐萧条的高档商场，这热火朝天的菜市场倒是颇有兴旺昌盛的意思。

讨价还价中买好了蒜苗、薤头、藜蒿、芝麻菜、冲菜、豌豆尖、金刚豆、蚕豆、两种豌豆、小甘露、胡萝卜、百合、莴笋、茨菇、莲根、芋头、山药，买了锅巴油粉（豌豆粉）、鲜豆腐、毛豆腐、饵丝、饵块，又买了椪柑、柚子、香橼等应季水果，还买了两大根笔直的甘蔗顶门，寓意甜甜美美节节高！

年夜饭

吃完午饭就开始忙乎年夜饭了，年夜饭前要放鞭炮。虽说是夜饭，但家家都争取早吃团圆饭，所以五六点钟鞭炮声就争先恐后了。不拖拉，是对一年最好的总结。

凉拌油粉、什锦沙拉、鸡足山冷菌煲鸡汤、酸辣鱼、薄荷煎牛干巴、腊味双拼、蒸百合圆子、煎乳扇、蒜苗炒肉、火腿蚕豆米、豆腐芝麻菜，热热闹闹挤上桌。

酸辣鱼是母亲的拿手菜，要说这道菜我们也都会做，若讲究些微差别，母亲做的总会胜出，配料、火候都把握到位才能成就一锅极品酸辣鱼。比如酸辣鱼中要放炸皮肚，这样才能和鱼汤互相成全，鱼汤多了些胶质，而吸足了酸辣鱼汤的皮肚往往喧宾夺主，最受欢迎。炸皮肚讲究火候，多一分韧劲没了，少一分又咬不动，要里外都炸得匀匀好，又黄又泡（pāo），才能做锦上添花之物。某次外甥女煮的酸辣鱼就败在了皮肚上，咬一口，高下立分。

菜上桌了，女儿接通了远在山东的爸爸的视频，给奶奶拜了年，奶奶主持的依然是饺子宴。又给远在华盛顿的哥哥发了年夜饭的图片，哥哥倒是起得早，秒回了当早餐的冷面包冷牛奶，后附：压岁钱微信转给我。儿子正在走他的青春之路，只是现在通信发达了，他可以实时分享家里的热闹。

院子里，茶花含苞，梅花怒放，鱼儿自在，黄狗安闲。屋里的大雪素兰花散发阵阵幽香，屋外鞭炮声此起彼伏，分外响亮。

此时，此刻，一家人，吃顿饭。

2018 年 1 月

省钱悟道，家常不常

　　30 多年的热闹喧嚣过去了，此前仿佛人人都在忙于治国平天下，加班，应酬，奋斗，时不我待，日理万机，废寝忘食。回家？没时间啊！

　　近两年开始流行回家吃饭。"本来生活"大声呼吁"回家吃饭"，钢琴家、收藏家、出版人纷纷大秀厨艺。一夜之间，善于烹调不再是被藏着掖着的"隐学"，不再是"没搞头"的代名词，反而堂而皇之地上了台面。

　　中国人似乎要重回生活的艺术，期望能艺术地生活。

　　经过 30 年食堂、餐厅、外卖的轮番洗礼，家常的滋味，模模糊糊又弥足珍贵起来，颇有曾经沧海却念溪，除却巫山看凡云的返璞归真的势头。

　　蔡澜在美食界大名鼎鼎，他对吃，是真爱，也真懂。这些年蔡澜来内地推广新书，各地粉丝排着队宴请他，费心尽力安排各种特色宴席。蔡先生对大小宴席虽不至口出恶语，但都浅尝辄止，

春天的煲仔饭

鲜有点赞。

　　人，见多识广富足嘴刁之后，就会变成典型的"好养活，难伺候"。吃不厌的，唯有家常菜。蔡澜早早说过：最好的味道，是妈妈的味道。众里寻他千百度，蓦然回首，那碗菜还在灯火阑珊处。

　　家常菜讲究的不是华丽稀奇独特，而是质朴、适口、亲切，那只是家的滋味。

　　家常菜如果是饮食江湖的一个门派，汪曾祺老爷子总结的规矩是：家常酒菜，一要有点儿新意，二要省钱，三要省事。偶有客来，酒渴思饮，主人卷袖下厨，一面切葱蒜，调佐料，一面仍

家有美厨。客人来了，一边切葱姜，调作料，一边陪客人聊天，有条不紊，
从容不迫才有意思

可陪客人聊天，显得从容不迫，若无其事，方有意思。如果主人手忙脚乱，客人坐立不安，这酒还喝个什么劲！

先说说新意。新意大概有两层意思，一层是食材要时新，要讲究应季。比如"春笋轧大道，冬笋轧小道"，冬笋鲜嫩，不宜太油，适合炒双冬、猪肚冬笋汤、虾子冬笋。春笋是老了的冬笋，纤维粗，适合腌笃鲜、油焖笋。比如王世襄先生的海米烧大葱，要用冬天霜降后上冻前的京葱，秋天的葱还没长好，春天的又糠了。再如云南野山菌，一定要挑雨季到易门、大理这些地方去吃当天采的，顺丰快递到北京，味道就变了。

第二层新意是要有点儿自家特色。宴席菜比较像官式建筑，基本根据规制，按照营造法式来。而家常菜却像各家小院子，树木花草、山石流水都带着主人（妇）的意趣，各有新意。

家常菜没有菜谱拘着、组织管着，可以西为中用，南为北用，随心调和，以意为之。比如蒸米饭可以加上香橼露、桂花露，炒仔鸡可以加紫苏、香草、木瓜或青柠。但搞新意的基础一定得是行家，行家不会很刻意，随手一搭，颜色互相衬托，香气互相启发，味道合心顺胃。若没内功，白日梦马蒂斯、毕加索附身，一味标新立异，难免沦为黑暗料理。

家常菜的第二宗旨是省钱。李渔说："论蔬食之美者，曰清，曰洁，曰芳馥，曰松脆而已矣。"家常菜讲鲜不讲贵。寻常食物，常吃无妨，人为炒作稀罕贵重了的，不吃也罢。

王世襄的入室弟子田家青讲过，社科院有位老先生，夫人是个非常成功的商业人士，家住东四一座四合院。其非常仰慕王先生的烹调手艺，看书研究，说得一套一套的，退休后在司机管家伺候下"抡勺儿、放作料"过瘾。但田家青评判这位老先生纯属悟性不够。

王世襄先生做饭，是用最普通最便宜的原料做家常菜，关键在选料、搭配和火候。而这位先生拼的是原料的珍贵、稀罕，想的是嘚瑟"技艺和手艺"，从"根"上就没弄懂。

家父曾说："我当年去中甸，虫草5毛钱一根，也没见吃了有多好！现在这么贵，为什么要吃？！"老爷子坚信日常的才是最好的，炒贵了不寻常，那就看都不要看。

家常菜的最后指引是省事。《红楼梦》里的茄鲞，王熙凤虽不下厨，但以她无所不知的精明把做法交代得清清楚楚，却并不见谁家家宴晒个"红楼茄鲞"。繁复的配料和工序，主要是为配合人物情绪的跌宕，真要操作，听听配料程序就让人烦躁。我倒是吃过昆明一个老婆婆做的茄子鲊，勉强算低配版茄鲞，很家常，味道不错。

"参燕鲍翅"什么的处理起来很麻烦，其实最后也都是鸡汤、火腿、冰糖味儿，家宴没啥必要上这些。还有螃蟹，看上去很美，客人不是行家的话，吃起来颇为狼狈，最后搞成了"壳及残渣"展览会。

擅长家常菜的都能随时随地、因地制宜弄出几个顺心适口的菜来。当然，省事不省事也要看主人是不是利落人。黄磊在摆弄锅碗瓢盆的同时还不忘抿上一杯红酒。林文月能同时兼顾客厅与厨房的进程。而王安忆笑谈她先生做三菜一汤，其中一个菜是从

二人食之雷笋鸡汤面

平平无奇却巨下饭的小炒茄子

汤里捞出独立装盘的。回家"便见他在奔忙，一头的汗，一身的油，围裙袖套全副武装，桌上地上铺陈得像办了一桌酒席"。

家常菜很难有堂皇之作。比如汪曾祺先生的干贝烧小萝卜，王世襄先生的海米烧大葱，林文月的清炒虾仁，黄磊的酸辣椒炒鸡，林依轮的卤大肠，听起来都平平无奇。只是能让食客夸赞"好吃""有味儿"，以至于念念不忘的，还得靠功力。

几年前在廊坊同学家，她从菜市场买了又新鲜又便宜的小鲍鱼，和五花肉一起红烧，再加一个酒香草头，配白米饭的滋味至今难忘。

味道是一个人对过往最真实的记忆，是对或平淡或蹉跎现实的温暖慰藉。

家常的滋味代表了一种传承，王世襄先生的糟香、黄磊的酸辣，都来自儿时的记忆。当父母渐渐老去，年轻人是否还能留得住家的味道？

正如一个日本厨神所说："神不神的不重要，代代相传才重要吧。"

2018 年 1 月

国宴有格家宴暖

  《国宴与家宴》是台湾作家王宣一对母亲厨房与餐厅氛围的怀念和追忆，初版于2003年，2005年出了简体版。王宣一2015年和先生欲往伦敦出席儿子的时装秀，途经意大利时在火车站突发急症过世，终年59岁。

  2016年《国宴与家宴》再版，收录了她先生詹宏志、兄长王定一、作家张北海的三篇序和自序，家人、朋友从各角度表达了对王宣一厨艺、写作和人品的极度赞赏和思念。正文和序言中的怀念都温暖而热烈，并不见惯有的哀痛，这也是王家两代女人留给朋友、亲人和读者的生活参考。

  王家的国宴，是对宴请外客的戏称，多半是父亲的朋友，比较正式，气氛也较庄重些。亲朋好友年节生日聚会，则昵称家宴。王家每周末惯常十几二十人的亲友聚会以及招待亲友的孩子、邻居的孩子、孩子的朋友尚不作数。

  王宣一的母亲，出身浙江海宁世家，受过高等教育，辗转上海、杭州，后定居于台北。王家也并非大富大贵之家，后期还因王父身体状况不佳而需要去地下黑市变卖黄金，甚至要到菜市场从头赊到尾。但金钱的短缺并没影响王妈妈的热忱和乐观，一如既往地慷慨和豁达。想来过过好生活，又经历过战乱颠簸、背井离乡的人，最坚强也最看得开，总不会被困顿绊倒。

王家厨房和餐厅的氛围，总是热闹而温暖的。"菜不一定道道出色，气氛却从来不打折。"这一切均取决于聚会的核心人物王妈妈。王妈妈是多才多艺的现代女性，会下围棋、打桥牌、唱昆曲，能亲自料理宴席菜，更重要的是知识丰富，头脑清楚，能干，包容，有气魄，是朋友中的意见领袖和孩子王。

王家的宴席绝对不是无谓的交际应酬，而是轻松和暖的城市会客厅，孩子们的同学、朋友成人后都还时常去拜会王妈妈，顺便再蹭一顿饭。

王宣一也跟在妈妈身边，学买学挑，学切学剁，学炖学炒，学会认识自己、提高自己并更好地与人相处，慢慢长大、成人。似乎这一切并不刻意，一切都自自然然，顺理成章。菜能上桌了，文能成书了，人也成熟到可以更好地观察世界了。

认真宴客，需要一种能力，更是一种境界。

另一种家教是曾（国藩）氏家教，黎明即起，洒扫庭除。饮食起居，克勤克俭。对比来看，王家氛围像《诗经》，像平装书，自然、热烈而舒展，无为而治。曾家则像精装书，充满理学气场，冷静、克制而不逾矩，在逼仄的路上狂奔，一代又一代功成名就。

《国宴与家宴》记载的是厨房里的细碎光阴，家庭和朋友的温润岁月，以及餐饮文化在最基础也是最重要的单元——家庭的传承。

王家菜式，以杭州菜做底子，混合了其他江浙菜肴，如扬州菜、苏州菜、无锡菜、上海菜、宁波菜和绍兴菜，招待孩子们时还会加点沪式西餐，总体看来还是浓油赤酱的风格。

王宣一在回忆家庭氛围和母亲气度的同时，也记下了家里的大部分菜肴，从海参烩蹄筋、鱼肠蒸蛋到咸菜豆瓣，并穿插了 11 道家常菜的菜谱（简体版中拿掉了一道和江浙菜无关的菜式）。

王妈妈对饮宴酬酢始终维持细腻雅致并大方气派的风度。首先，讲究采买。食材一定要新鲜可靠，重视"割主烹从"，比如红烧牛肉一定要用 5：3 的花腱和牛筋。材料新鲜，才可以避用刺激的香料。

其次，处理精细。有烹调经验的人都知道，备菜最辛苦也很要紧，比如拔掉猪脚上的毛（喷枪烧会残留毛根）、挑净猪脑的血管、洗净贝类的泥沙、去净虾的虾线等等，洁净正是家宴的重要吸引力之一。

再次，重视程序。杭州菜是婉约的，要把主菜经过多道辅料和程序加工后，隐藏了咄咄逼人，以平常的姿态呈现，温柔高级，即成人的口味。

最后，尊重传统。江浙菜忌冷食，除了冷盘，什么都要滚烫地上桌。鱼啊，响油膳糊啊，都考验火候和分寸，要统筹一桌宴席，更得有点大将风度。

王宣一深得母亲厨艺传承，更像母亲有照拂他人的赤诚和真心。詹宏志的文章中提到，杨德昌在拍《牯岭街》时常常半夜跑到家中找他。睡下的王宣一定会跟着起身问他们吃饭没，而杨导，永远会露出无辜的眼神说"没吃"。王宣一就会给他们做香喷喷的汤面和几个小菜，亲切而自然。

王宣一的追思会，到场致意的都是亲人朋友，没有痛哭，只充满了温暖的回忆。最后，罗大佑唱了《闪亮的日子》。

现代家庭变得越来越小，时间越来越紧张，成员越来越自我，大家庭以及亲朋的欢聚似乎都留在了过去时。但饮食仍是本能，爱，亦然。可惜现在的人往往在奔跑追逐中潦草应付着自己的本能，也漫不经心地应付着亲朋关系，温情慢慢被功利所钝化挤兑。

《饮食男女》中的父亲感慨道："一家人，住在一个屋檐下，照样可以各过各的日子，可是从心里产生的那种顾忌，才是一个家之所以为家的意义。"三个女儿，在挣脱这种顾忌的同时，留下了味觉记忆。

我们是否期望过，或者正在实践，这一生从 18 岁到 80 岁的 67890 顿，能有一半以上，和中意的人一起，吃可口的饭。

2018 年 3 月

家宴才是最高纲领

　　林文月是史学大家连横的外孙女，祖籍台湾彰化，出生成长于上海，学习任教于台湾大学中文系，研究、翻译、创作都颇有成就，尤以译著《源氏物语》和《枕草子》闻名。

　　1999 年，67 岁的林文月任教捷克查尔斯大学时，出版了散文集《饮膳札记》，乃文字人生之外现实人生的点滴回忆与记叙。人与人，人与故乡、暂居地乃至世界的关系都通过食物宴饮串联起来，既有相聚的温馨，也有告别的感伤。

　　古来男性文人谈饮宴惯常指点江山激扬文字，追求的是见多识广道行深，多半不想不肯也不能真正享受为人烹调之乐趣，所谓君子远庖厨。汪曾祺曾评袁子才并不会做菜，审美疏离，《随园食单》并不能让人心服口服。

　　林文月则不同，《饮膳札记》收录了 19 种佳肴的选材、预处理及烹饪方法，娓娓道来的菜式，似作者亲自莅厨指点俎上灶前的割烹经验，有点儿厨艺基础的人自可依法料理。"虽有嘉肴，弗食，不知其旨也""食而弗烹，亦不知其道也"。胆大心细手巧之人，离开厨房，做其他事也可信手拈来。

但这札记并非食谱，林教授意在通过记叙家宴委婉追忆亲友、师长、知己之欢聚和行止。知味大厨，典雅主人，于平实中见异趣，在朴素中透至情。

林文月习惯将家宴记录于各色卡片，记录菜单以及时间和宾客名录，一来为兼顾同席客人的和而不同，二来也用心绸缪每次筵席的新意。日积月累，卡片丰饶。"时光飞逝，竟在小小纸张里。"往昔，失不再来；情谊，却历久弥新。《饮膳札记》中每道菜都重温心底留藏的温情来作曲终的雅奏。

现代人往往把生活和工作弄成很大的责任和负担，既照顾不了自己，更顾念不了别人。林则相反，"我这人有一个不同的地方，就是常常把责任、工作弄到后来变成一种享受。做家务清洁，我当成运动，把家变得可爱，就很有成就感。我对人生、世界一直充满好奇心，永远有兴趣去发掘。即使累一点，也很快乐，或许我对生命太贪心了吧"。有热忱，有韧劲，有勤而愈健的身板，有美而自由的心灵，就是平而不凡的人生之歌。

文字之外的人生是具体真实的，直面生活的琐碎便有无尽的勇敢和温柔。林文月是大小姐出身，25岁前没进过厨房。待有了自己的小家，必得承担中馈之责。度完蜜月归家第一天做饭，报纸用完了，眼泪熏出来了，炭火却没点着……男主人回家不见温馨晚餐，只见流泪的妻子。

几十年下来，道听途说加细细琢磨，林文月的待客之道日渐精进，拿手菜式也绝不仅限于书中的 19 道。制作高级菜肴（潮州鱼翅、佛跳墙）固然要打足十分精神，烧寻常饭食（如椒盐里脊、清炒虾仁、口蘑汤）也同样有条不紊又巨细靡遗。

从不辨葱蒜盐糖到深谙烹调趣旨，在日复月累的厨房岁月里，想来也有操劳和不耐、孤单和委屈，然而她究竟是真女子，明了饮膳之内，有感官的愉悦与满足，饮膳之外，还有漫漫红尘中最难得的欢聚与相亲。特别是遇到知音解味的宾客，识得菜肴用心之处，流露又见江南（清炒虾仁）塞北（口蘑汤）故地的喜悦，操劳也就有了莫大的回馈。

饮宴饮宴，吃什么菜，喝什么酒固然重要，但口腹之外，宾主从容尽欢，才是家宴的最高境界。林徽因、林海音、林文月，都是非常知名的文化沙龙主人，博古通今，待客之道却有差别，林徽因高谈阔论，林海音豪爽真诚，林文月优雅体贴。哪怕只有烤乌鱼子就酒，若逢知己且谈兴好，自在的氛围、热乎的情趣，也是天下难得的赏心乐事。

这其中，林文月是亲自下厨宴客的。既要兼顾厨房与厅堂的进程，又要保持女主人的周到与优雅，委实不易。从容周到有赖于事前功夫，陪客和菜肴的安排则体现了女主人的诚意和用心。

宴客之道，飨以佳肴是物质基础，营造欢谈的氛围是上层建筑。林通常在构想菜单和邀约客人时，就会仔细考虑客人偏好和上菜顺序，使自己能够从容不迫有充分的时间于席上陪宾客谈天说地，避免完全沦陷于厨房。主菜大菜提前做好，其余所有食材都已在客人到来之前洗净切妥调配好，如此有备无患，自然心情轻松无压力。

林的家宴，多半宴请的是文化人，除台静农、孔德成、郑因百、许世瑛几位老师外，林海音、杨牧、齐邦媛、董桥、三毛及许多平辈好友都是座上客，也会邀请学生到家中餐叙以了解课外的状况。

美食，散坐，无功利，有情谊，古今多少事，都付笑谈中。这样的沙龙，重视思想碰撞交流，互获启发完善，食与谈互相成就，而不是才子独角戏，惹得未被邀请过的李敖大吐酸水。

林文月特别提到台静农先生是位心胸开阔的长辈，对于有才华的晚辈一向关怀，许多宴席都欣然光临。有时菜肴未必讲究，但饮宴却至为愉快。也提及台先生和孔先生当年胃口好、谈兴浓，乐于参与学生们的聚会，智慧而隽永的言谈，有如现代版《世说新语》，令人百听不厌。

书中记叙有次后辈同事搬新居请台、孔两位先生晚宴，并邀前后期学生辈数人作陪，谈饮兴浓，至9：30无人离席，主人添酒留客，主妇羞赧地端出一道不小心微微烧焦的红烧蹄髈，没想到焦香诱人，迅速被食客们瓜分殆尽。

人在几十年的职场生涯中，总会经历最热闹最值得回忆的黄金时段，那种时段里的真挚情谊和兴致，才是宴饮的真正乐趣吧！

孝心，在于一粥一饭。林自母亲去世后，隔周亲做家宴侍奉父亲并招待妹妹一家。"年老的父亲齿落牙松，而妹妹家里有正值青春期的孩子，如何兼顾一桌人的饮食需要，倒也是颇费心神的。""有时各种菜肴摆满一桌，形形色色，引得孩子们欢呼，外公则在一旁微笑，反而有节庆团圆的气氛。"成书之时父母已先后作古，姊妹兄弟也分散各处，但文字打败了时间，曾经一大家子聚餐的甜美记忆永不褪色。

食色，性也！侍奉父母，既是孝心，也是家传。师友同道聚叙，到底是闲时吃紧、忙里偷闲！"宴客的乐趣，其实在于饮膳间的许多琐碎记忆中。"若非胆固醇过高，血糖不降，尿酸偏高，不妨备好春夏秋冬馐，渐入佳境吧！

雨透青山菌子闹

吃菌子的季节，大理尤其可爱！

六月初，头茬的香菌星星点点上了市，不多，品相极好，在椒红豆绿边的瓜叶上，傲然端坐着。虽然一年四季有干货，但头茬的鲜货依然抢手，你要是稍稍流露嫌贵的意思，卖菌子的阿婆会说："水灵灵的大姑娘，咋个能和干巴巴的老太太比。"若不买，显然是判断力出了问题！

菌子都是清晨拾，赶早上市，当天一定要吃掉。配了尖

吃菌子的季节，大理尤其可爱

青头菌

精灵王子黑鸡枞

菌中公主白鸡枞

椒和蛋丝速炒，活色生香，要十分小心口水掉锅里。

七月，雨水下透，泥土不再板结，各种菌子就争先恐后地来赶场。铜绿菌和青头菌先下山了，暗淡的青和绿，短短的秆撑着肉肉的伞，让人想到复古、乡村、返璞归真的 Fashion Show。野生菌中青头菌最安全，可以生吃。但通常的做法还是先将火腿片炒香，加菌子和蒜片、尖椒丝烩熟。云腿的香和着菌子的鲜，丰盈略脆的口感，掺着微浓的汤汁，搭配湾桥出产的白米饭，那种滋味，实在能够记忆很久呢！

八月，能进山捡鸡枞了。鸡枞的模样是卓尔不群的，黑白两个品种，都极其修长，仿佛是古堡里的王子公主，黑鸡枞滋味更胜一筹。鸡枞有鸡枞塘，也是蚂蚁的窝，靠蚂蚁的分泌物生长。这些王子公主十分神秘，仿佛有种约定，年年在老地方欢聚。如若破坏了蚂蚁窝，鸡枞也就消失不见了。

记得我四五岁时，长我 3 岁的姐姐某天用小背心提了一大兜鸡枞跑回家，边跑边哭。原来她和小伙伴在张家玉米地头发现了一大窝鸡枞，没法拿，就脱下小背心系了个口，采了一大兜，不巧张家大孩子来了，一阵抢夺，姐姐逃脱，大孩子就愤愤地把蚂蚁窝挖得稀巴烂，那地方就再没出过鸡枞。

鸡枞可做汤或炒着吃，也可炖蛋，细嫩无渣，滋味鲜甜，比鸡肉美妙 100 倍。大理人最爱的是油鸡枞，此中乡愁，唯有乡亲知。

一般菌子都是骨朵好，但做油鸡枞却要开了的。开而未败的鸡枞最是难得，用瓜叶洗净后撕开晾干水分，然后下锅煸到脱水

| 油鸡枞的料理 | 鲜肉小炒黑鸡枞 |

盛出待用，多放核桃油，搁干辣椒段炒香，放鸡枞重煸至微干即可。若想保存久，就放干辣椒煸得干一些，否则用新鲜的红尖椒。一大兜鸡枞，最终只得一小罐，所以吃的时候也很俭省，母亲总是在开饭时给每个小孩一筷子的量。就这样，我也还是有吃了上顿没下顿的担忧，直面美味时真没啥出息！

去年发小回漾濞省亲，紧迫的假期中竟抽出两天买洗晾煸，带回北京几罐油鸡枞。见多识广、节食嘴刁后，见到油鸡枞的那一刻我还是被从前的滋味馋到！

干巴菌学名干巴革菌，是又丑又贵的菌子。没有菌盖、菌褶和菌秆，与泥土松针簇生在一起。刚出土时呈黄褐色，老熟时变成带白边的黑褐色，像一朵茶花化石。干巴菌难寻，也难拾掇，通常要撕成蟹肉一样一丝一丝的才能将松毛和泥巴等杂质清理干净。费事，耗眼，拣出一顿的量感觉眼都要瞎了，只有那些真正的美食家才有那耐心烦儿！买的时候一定不要贪便宜，要尽量买那完整干净的。

干巴菌可用螺丝椒清炒，也可稍加火腿丝炒，有牛干巴的咬劲和很特殊的浓郁的香味，非常下饭。汪曾祺言："入口细嚼，半天说不出话来。只觉得：世界上还有这么好吃的东西？"

然而，这么好吃的东西，我也有不想要的时候。有个邻居也是云南人，某晚9点给我打电话，说有亲属刚刚飞抵北京，快运了干巴菌来要分我一半，我想都没想就严词拒绝了。宁可不吃，也不干大半夜拣菌子的苦差。

菌中极品——干巴菌

干巴菌蛋炒饭

螺丝椒炒干巴菌

换个角度，若有人肯在家里给你做一盘最时鲜的、拣得最干净、火候恰恰好的干巴菌，这交情值得好好珍惜！

见手青也是独特的，有红见手和黄见手，是少有颜色鲜艳而能食用的菌种。顾名思义，采摘和拿放都要极轻巧，稍一用力，菌子就变成青一块紫一块了。小时候喜欢看大人切见手青，觉得刀刃落处菌子瞬间变色是很有魔力的事。

现在外省料理中常见牛肝菌，不明真相的群众觉得那是云南菌类的代表，此大谬矣！牛肝菌和见手青比实在是下里巴人。见

红见手青，有浓郁葱香，俗称红葱。奇鲜，极致诱惑

藏香猪腊肉炒黄见手青

白见手青，亦称黄见手青，因有浓郁葱香，俗称白葱，料理不好会中毒，但因有奇鲜，食客仍然趋之若鹜

鸡足山冷菌

鸡足山白参炒土鸡蛋

手青炒熟了也是肝的颜色，但比牛肝菌细腻鲜香得多，口感、滋味均不可同日而语！不过美妙的东西也要当心，料理见手青一定要炒透，炒不熟可能会引起中毒。

鸡足山出产白参和冷菌，两种都有独特的口感和菌香。白参又名裂褶菌、白花，小而质韧，撕碎了用来蒸蛋，清香爽口。冷菌口感细嫩爽滑，炖鸡汤最妙，一吃难忘。

还有一种牛奶菌，一尘不染，极其白嫩，像天山童姥。老人们说是小牛吃奶时牛奶落到地上长出来的，这种说法似乎缺乏科学精神，但牛奶菌确实有奶香。牛奶菌从不群居，遇到也只就一朵两朵的，别的做法不适用，小孩儿就用签子穿了烤。那种无盐鲜香嫩的境界，可遇不可求。

松茸上了《舌尖上的中国》，也被日本人推崇，奉为养生佳品。小时候却不待见这菌中一哥，大概因其常见，外形笨拙，又有药味。现在流行松茸刺身、干煎松茸、松茸炖土鸡，大张旗鼓，搞得每一片似乎都很珍贵，但我仍旧不喜。返乡遇到小孩说"我不吃大脚菇！"的时候，还真想过去和那个天厨小知音握握手呢！

松茸

九月入了秋，大部分菌子都下市了，谷熟菌大器晚成。冷露为霜，它吸纳山间露水清霜，所以味道清雅、脱俗，口感好。秋天的菌子要清炒，用少许鸡油，放一点点青红尖椒，最大限度保留山野的味道。正应了《菜根谭》里说的：浓肥辛甘非真味，真味只是淡。

大理松露，俗称"猪拱

大理松露

大理松露、甜笋蒸肉饼

菌"，也称"块菌"，和法国松露同种，黑白两个品种都有，一般12月至次年1月成熟，香味极其特别。当地人并不太会料理松露，上次回家表弟拿2斤松露炖大肠，那可真是重口味！

菌子一定要吃时鲜应季的，山野的滋味经不起过夜，冷藏了冷冻了，鲜香味就会大打折扣。当令而食，让野生菌平添骄矜，也让食客有了更多期待。好在人到中年，等待美好不再是不能忍受的事，甚或变成了一种享受。

一位老大哥曾说：人有记忆的不是大脑，而是胃，当时我还嘲笑他又诗人了。在炙热的北京，我思念着家乡的味道，忽然明白，这是真的！

梅瓜煮鱼，不亦乐乎

　　大理湖多、河多、溪多，鱼鲜很寻常，自然成了四时饭桌上的常客。

　　要说当家的，还数酸辣鱼。酸辣鱼常用产自洱海的大青鱼、黄壳鱼或者小鲫鱼。开海的季节才有青鱼，当天捕捞的，很大，

苍洱大观（摄于湖东南石坪村）

自家院子里的梅树，果实累累

院子里的酸木瓜。木瓜、梅子、杨梅是大理人家做菜调酸的主要食材，这样做出来的菜没有醋的陈味，酸中带着果香

酸辣鱼（酸木瓜煮洱海鲫鱼）

论段卖，卖家会随意送些鱼籽，黄壳鱼每条重量在 4~5 斤，一般就整条买回家，反正家里有鱼阎王。

酸辣鱼的做法，各家也不太一样，辣一般用干辣子面，也有用剁椒的，酸则用炖梅或酸木瓜。大理人家一般都在院里种几棵梅树和木瓜树，春天赏花，果实收了加工好，大约也够一年用度的。木瓜切片晒干就好，炖梅则要采摘成熟但未变黄变软的青梅，放入陶罐，加少量水和盐，用火塘子母火（谷壳微火）炖 4~5 天，直到梅子变成黝黑色，此后可长期保存。

母亲一般先把鱼用酒和盐腌一小时，下锅略微煎一煎，然后加山泉水、辣子面、木瓜片（或炖梅）、花椒、姜片、炸猪皮（皮肚），大火煮开后改中火焖煮半小时，放厚的洋芋片或豆腐煮熟，加葱白略煮，起锅前加葱叶和香菜。

因为煮的时间长，鱼非常入味，入口瞬时唤醒各种味蕾。这道菜的独特之处在于不用醋，所以没有那种酵过的怪味，鱼呀、水呀、木瓜呀、小菜呀，浑然天成，味重而纯。如果是地道大理人，吃完鱼必定要来一碗鱼汤泡饭，"家财万贯，抵不过鱼汤泡饭"，吃得满头冒汗，才算结束这酸辣的盛宴。

黄鳝也是常见的，小时候尾随别人去捉，田间的水沟，看到泥里有小洞，用食指去探，一旦摸到要迅速下手，用中指、食指、无名指揪住鳝头提出来。我虽然也演练过，但要论手疾眼快，总也比不过村民家的皮实小孩，收工时他们看不过我桶里可怜的数目，总会慷慨地送我一些。

沟里的鳝鱼通常比较细小，鳝肉嫩但有嚼头，剔了骨后，把干辣子炸煳配香葱爆炒最佳。水塘里的鳝鱼则又长又壮，年终放干水的时节才能用水草围捕。捉回家用清水养三天吐尽泥味，鲜活的放入土锅（陶罐）中，不加水，加少许白酒、火腿或腊肉，锅口放一碗盛满清水的土碗，用面将锅口和碗间的缝隙封死，然后往灶里塞满麦麸、谷糠，点着后文火煨一晚上。等启开了碗盖，浓香四溢，就算是老饕，保准也一句不评先抢筷子。不过现在食材渐稀，土锅灶也快绝迹，这道美味难得见到了。

江里除了江鱼，还有江鳅和石趴子。小时候也常去捉江鳅，选一段半米长粗壮结实的芦苇，用小刀两面各斜切一个口，就成了简易的鳅叉。枯水季的平坦河床，轻轻翻起石块，江鳅悠然其下，将鳅叉轻轻挨近，猛一下插在河沙里，再转运至小桶中。石趴子有大脑袋和扁嘴，一般吸附在江里的大石头上，要钓。江里的鱼鲜，大概因水流湍急常常健身，体形优美、肉质细嫩，没有土腥味儿，最适合清炖。也是略微煎一煎，放两片姜、一点点火腿，一个烤草果加山泉水炖，等汤熬白了再放几段香葱即可起锅，适合口味清淡的食客。

儿时还常去捉爬沙虫，样子有点儿像皮皮虾。爬沙虫暗褐色，多足，藏匿于河岸和浅水沙地的大石块下，对治疗小儿尿床有特效。从前的吃法是掐头去尾，去壳，洗净沙肠后蒸蛋，或裹上鸡

煮一锅地道大
理冻鱼（撒入
一大把藠头）

地道大理冻鱼
（刚出锅，冬
天室外冻一
晚，倒扣入盘
中即成）

蛋豆粉软炸。现在物以稀为贵，干脆整只直接入油锅炸食，吃起来有点儿混合皮皮虾和炸蝎子的味道。

冻鱼则是白族人家最经典的一道菜。通常用手掌长的小鲫鱼，不煎，直接下锅煮，最好用火腿脚或火腿骨头熬的汤煮，或者在汤里加些肉皮或皮肚增加胶质，鱼冻会更好吃。调料简单，加姜片、花椒、辣椒面即可，小火炖煮 30~40 分钟使入味，也可加少量木瓜片调味，但不能加多了，酸多了会冻不上。最后加上些新鲜藠头段，煮熟后盛入合适的容器，冬季置于露台。第二天倒扣到盘中，即可冷食。一碗热乎乎的白米饭，配一块红绿白相间、滋味十足的冻鱼，冷暖相亲的滋味实在不能更美！

螺黄是雄螺蛳的生殖腺（如河豚白子），在螺蛳尾部，与螺肉分离独立料理。《新纂云南通志·物产考》载："田螺……剔其尾之黄，滇名螺黄。可入汤馔，味美。"大理人喜欢爆炒螺黄，先将火腿丁下油锅炒香，再将漂洗干净的螺黄和姜丝加入爆炒，加少量泉水焖一下，放韭菜头，水干起锅，即成鲜香的爆炒螺黄。老派人家炒螺黄只用韭菜白的那一段，不用绿叶，认为炒上绿叶不清秀（美观），味道也会变差。想来是黄白配明亮高雅，黄绿配就暗淡土气了。

从前海东（洱海东面的渔村）的渔民还会做螺蛳豆腐。螺蛳是捕鱼的副产品，可卖也可喂鱼鹰。小孩帮着敲螺蛳时，会将滴下的黏液收集起来，待小半船螺蛳敲完，黏液也积了半盆。水烧开，将黏液倒入沸锅中煮，漂起后倒入纱布中过滤，冷却后即成螺蛳豆腐，切块，可凉拌可炒，微苦，清凉，暗香。现在的人不

大理弓鱼

清炖大理弓鱼

再稀罕下脚料，也没了那工夫和耐心，螺蛳豆腐也不再有人做了。

螺肉虽贱，也是一道好吃食。洱海水从前很洁净，本土螺蛳很少寄生虫，螺肉用盐腌一下放筲箕上揉去黏液，清水洗净后，生凉拌了最好吃，又脆又鲜。现在保险起见，一般都会用开水焯一下再加香菜、葱花和青辣椒碎烩拌，虽然脆鲜程度稍逊，风味仍旧独特。

大理还有软炸湖虾、酸辣泥鳅和海菜芋头汤。如果你运气好，还能吃到传说中的弓鱼。

弓鱼是细鳞江鱼，体健貌美，产卵期溯流而上到洱海，后来因西洱河电站建成，弓鱼跃不过，洱海里就很少见了。

在大理，约三五知己吃饭，后果常常呼朋唤友来了两桌，但因着蔬食的可口和价格的平易，主人和客人都自在随意，比起大城市的矜持和分寸，小城里更透着俗世的温暖与亲近。

白族人家好客，曾有深圳的朋友提起，旅行到茶马古道小镇沙溪，在村民家门口流连张望，主人家见了遂殷勤相邀入户喝茶。简单点的是围炉烤茶，就着炉火烤的饵块或糍粑，隆重的还有三道茶，一苦二甜三回味，与曲折人生赤诚相见！

大理是个逃离的好去处，山青、水润，湖光山色之间的田地四季变换着，有悠长的历史，有不错的文化，有豁达的态度，最最重要的，有好吃不贵的三餐。

鱼吃完了，可以往鱼汤里免费续豆腐。

小吃落胃任平生

大理的小吃，还得从巍山说起。大理别处都做爨肉、焖肉、炸酱小锅饵丝，独有巍山做㸆肉饵丝。

㸆肉饵丝讲究的是汤头。将猪肘子放在炭火上慢慢烧烤，烤至肉皮焦黄后放入淘米水中浸泡两三个小时，再用温水刮洗干净，放入特制大土锅内，加上适量鸡肉、火腿、姜片和草果，大火烧

㸆肉饵丝之炖肘子

㸆肉饵丝

苞谷粑粑也叫玉麦粑粑。汪老在西南联大时还是小汪，自言喜欢苗族女孩叫卖『玉麦粑粑……』的吆喝声

开后微火煨炖 10 来个小时，直到汤色白稠却不腻口，肉自然离骨又不失形。

饵丝是熟米加工的半干米卷，切成长丝，黏糯易熟，在沸水中一烫即可。浇上汤头，覆上带皮肉，加上香葱、芫荽和泡菜，给冬日清淡的早晨带来醇厚的暖意。

炖肉饵丝的姊妹是过江饵丝。所谓过江，就是汤头和肉单用大钵头盛，烫熟的饵丝另捞一碗，食客现烫现吃。类似于日式蘸面，可先吃一口原味米香的饵丝，再尝一尝在汤里溜过的，最后把剩余的泡到汤里，并加上泡菜、小葱、香菜和油泼辣子，渐入佳境。饵丝的米香和汤头的浓醇若即若离，似乎更能增加些吃的意趣。

春天好吃的是青豆小糕。把青蚕豆米磨成浆与米粉相和，大锣锅盖上挖几个拳头大的洞眼，洞内放置上圆下尖的木制小圆甄，

青豆米粑粑

锣锅内的水煮沸后，在小木甑内装入已混和好的青豆米粉，大火蒸两三分钟，然后在其中一甑糕面上抹上芝麻、玫瑰糖，再把另一甑糕翻扣在上面，又蒸约一分钟即成，所以青豆小糕也叫"一合糕"，颜色诱人，形状可爱，香甜软糯，吃一合正好，吃两合也不腻。

青豆米粑粑则是把青豆浆和碎青豆和在糯米粉中，用油煎成小饼。汪曾祺先生曾谈到过玉麦粑粑，大理人叫苞谷粑粑，把嫩苞谷磨碎，拍成粑粑，用苞谷皮包了蒸熟。青豆米粑粑和苞谷粑粑的精髓是青豆和苞谷的时新、鲜嫩，满含着时令欣欣然轮回的骄矜。汪老在西南联大时还是小汪，自言喜欢苗族女孩叫卖"玉麦粑粑……"的吆喝声，娇娇的，下点儿小雨，更有韵致。

夏末秋初，最好的是一根面。面揉好搓成条，稍抹核桃油盘在大盘子里，醒三个小时。其间炖好棒骨火腿汤，并制作"帽子"，

巍山一根面，吃时边拉边下锅，一碗是一根，一锅也是一根

用来制作一根面"帽子"（浇头）的一窝蜂野山菌

用来制作一根面"帽子"（浇头）的鲜荷包豆

大理炸乳扇

"帽子"用当季的鲜荷包豆、"一窝蜂"野山菌、山笋、火腿丝和红辣椒一起炒就。吃的时候把醒好的面扯成细条，边扯边下锅，一根一碗，煮好后浇上骨头汤，盖上五彩"帽子"。

巍山是彝族回族自治县，人民天生擅长歌舞，扯面的小哥技艺高超，载歌载舞，仿佛有画外音"没什么大不了没什么大不了……"一直往耳朵里钻。等面的过程看场生活秀，忧郁的心立刻明朗起来。在北京待久了，想起"帽子"十分讲究的一根面，恍若隔世。

洱源在洱海北面，是洱海源头，曾是浪穹诏、邆赕诏和施浪诏的领地。洱源县域内有茈碧湖、东湖、西湖，是洱海最重要的水源地，水草丰茂，历来有饲养奶牛和奶羊，制作乳扇和乳饼的传统。

乳扇相当于干酪，但制成了很薄的片状，最好是生吃，也可油煎、炭烤，煎烤时可卷入玫瑰糖或豆沙。乳扇切丝，核桃仁切片，加上蜜饯或玫瑰糖，则用于冲制白族一苦二甜三回味"三道茶"中的甜茶。乳饼是新鲜的羊奶酪，细腻鲜香，用棉线分割成小片，稍煎后蘸着椒盐或砂糖吃。其实，不卷不蘸，反而最能体现牛羊乳酪之精华天韵。

小时候长在漾濞，喜欢的是锅巴油粉，亦即稀豆粉。将豌豆

锅巴油粉，失散的兄弟喜相逢

粉调成浆过滤后，在擦了油的锅中做成锅巴备用。另将滤好的豌豆浆倒入锅中熬，待浆汁黏稠成熟，遂成油粉汤，撒上碎锅巴，调上麻油、辣椒油和香葱、芫荽，就着油条喝。

或者将锅巴和油粉汤逐层码在铺了浆布的簸箩里，等凝固凉透了再切条，凉拌或油煎了吃，油粉软糯细腻，锅巴绵韧耐嚼，同样的原料分别加工又融合，仿佛失散了的兄弟重逢，滋味别具。

如果用鸡豆（麻豌豆）替代豌豆，做出来的鸡豆粉则是灰色半透明的，比油粉更香。在剑川和弥渡都有专卖鸡豆粉的老字号。

20 世纪 80 年代初我上初中，在漾濞县一中住宿，学校食堂清苦恶俗，城区学生交粮票，山区的学生则交苞谷碴，主食是现在时兴的二米饭，菜呢，为兼顾穷苦学生的负担，多半是漂满了蚜虫的花菜汤。校门口油粉西施的摊子倒成了记忆中最美好的风景。

漾濞卷粉名头大，主要还因老法制作。卷粉有点儿像广东肠粉，同样源自大米，只是包裹内容有异。肠粉一般热吃，而漾濞卷粉通常凉食。

制作卷粉要先将大米浸泡 6 个小时以上，等大米表面糯化之后，再研磨成浆。随后在蒸笼中垫上蒸帕，倒入薄薄一层米浆，摊匀蒸熟。卷粉放凉后呈微透明状，洁白细腻，对牙有欲拒还迎的轻微抵抗。素吃利于体验微妙的口感，但卷粉通常被卷成甜咸两种口味。甜味的卷核桃碎、花生碎、土红糖，咸的卷入芝麻面、花椒油、肉酱、姜末、酸腌菜、嫩豆芽，酸辣香甜，清爽不腻，最适合哄哄嘴。回乡的时候会惦着去老字号吃一份，还是从前的

狼牙洋芋

小锅饵丝自助调料台（芝麻油、草果油、花椒油、酱油、油辣子、辣酱油、蒜汁、番茄酱、葱花、香菜末、蒜苗，泡菜、酸腌菜）

毛豆腐罐罐饵丝（米线）

味道。

　　大理古城及周边的喜洲是南诏的经济文化中心，也慢慢有了诸多特色小吃，如大理的凉鸡米线、烧饵块，加了毛豆腐和薄荷的罐罐饵丝、罐罐米线，喜洲的破酥粑粑，街边随处可见的狼牙洋芋、烧豆腐，灰色半透明的凉拌荞粉，生煎或小笼包子，夏天有冰粉和米凉虾。

　　很多老字号仍保持猫耳朵店，倒是颇有古风，只做几样招牌而不愿扩张。日渐老去的店主不情愿享清福，宁可里外忙碌，死心塌地，以保持引以为傲的独特风味。

　　小吃之美，在于温存、体贴且平易。小小的店，实在平常，但能照拂人心，善待肠胃，使人爱恋。小城里的人，喜欢照拂别人，也喜欢别人照拂，所以小吃店倒能够基业长青。

　　大理经历了蓬勃发展的南诏和大理国时期。唐人来了，撤退了；元人来了，也走了。"尽珠帘画栋，卷不及暮雨朝云"，来来往往带来了更好的融合，但并未影响大理人生生不息的淡然，生和活高于一切。这种淡然的根源，多半因追求纯粹美食乃至于美好生活的心火从未熄灭。

一箸清蔬胜八珍

在大理，众多小古镇散落在山野坝子中，城乡的界限是模糊的。这种模糊的好处是可以过新鲜的一手生活，而新鲜的精粹，则在于四季时鲜的小菜。

春日的山菜之王，要数树头菜。树头菜俗称刺老苞，是一种刺藤乔木的伞状嫩尖，早在唐代起就药食两用。刺老苞产自海拔 2000 多米的山区，嫩芽在枝头树梢刚刚展开时采摘，洁净清鲜。凉拌或清炒最好，微苦，但苦得极有分寸，

春天的菜肴

春菜之王树头菜

倒更像极致的清雅，吃起来唇清齿爽，利于排解冬日的浊气。

金雀花盛开在枝头煞是好看，色金黄，串串玲珑，势如飞雀。这花儿性温味甜，常用来摊鸡蛋。两种食材都是细嫩年轻的，在最美的时刻相遇，互相欢喜，瞬间互放的灿烂散落盘中。

白花是杜鹃花的一个品种，杜鹃花通常有毒，白花是个例外，长在高山上，花形大而柔美，润如白玉，嫣然可爱。据说剑川石宝山海云居僧尼有杜鹃花食谱，由明清传下来，可做十几种佳肴。早起登山采几束白花，回家小心去除花蕊，将花瓣用沸水汆一下，然后放到矿泉水中浸泡，每天换水，泡两三天就可做菜了。母亲通常用来做汤，蚕豆米火腿白花汤，十分鲜香。

大理的春日来得早，春节前后蚕豆就上桌了。先是带皮的嫩蚕豆，鸡油清炒足矣。蚕豆米则有很多做法，清炒或做腊肉咸汤圆、青豆米粑粑。早餐的小锅饵丝也总要加一勺煮好的青豆米和若干烫好的豌豆尖，回想起来都是人间美味。从前因预算之故吃

金雀花

金雀花炒蛋

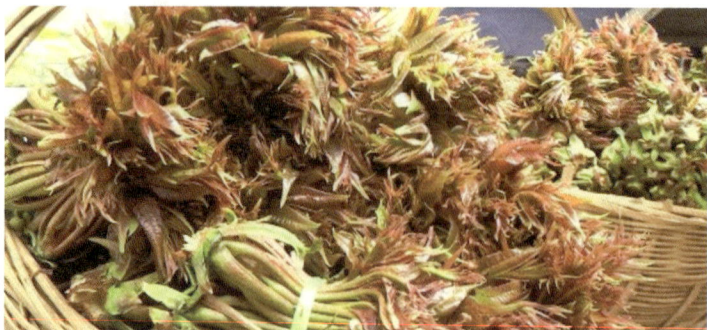

红香椿

得素，为了让孩子们吃得香，母亲给小菜起了好听的名字，蒜薹炒青豆米叫青蛙抱玉柱，带小瓜的南瓜尖做的汤叫龙眼凤尾汤……

"箭茁脆甘欺雪菌，蕨芽珍嫩压春蔬"。山里采回家的蕨菜，焯一遍水，并用清水泡1天，捞出沥干，下干辣椒、腊肉、蒜片爆香，加入蕨菜和青蚕豆米翻炒，待老腊肉、蚕豆米的香和蕨菜的鲜润充分勾搭，遂成一盘顶级下饭土菜。

春天还有香椿，院子里摘一把，细细切了摊鸡蛋，或者炸香椿鱼儿，抑或开水氽一下切碎了，拌焖肉小卤面。

　　春归何处？寂寞无行路。
　　若有人知春去处，唤取归来同住。
　　春无踪迹谁知？除非问取黄鹂。
　　百啭无人能解，因风飞过蔷薇。

要想留住春的味道，可以做几罐大理油椿。用农家压榨的菜籽油、当季香椿、丘北干辣椒、鲁甸青花椒、怒江红草果和大理紫皮大蒜翻炒精炼，香而不燥，椿（春）味十足，是拌面下饭之秘籍。

夏日里，餐桌上的水生蔬菜多了，鲜嫩水灵，清虚淡雅，仿佛烟雨大理。看台湾汉声出版社的《水八仙》，茭白、莲藕、荸荠、茨菰、菱角、水芹，大理都有，亦因水质好之故，味道尤为清甜。

大理没有莼菜，但有独特的海菜，夏日在洱海水底寂寞地开着白花。洱海水深 20 米，儿时有一次表哥偷划渔家的木船载着我们一帮无知无畏的旱鸭子小孩去捞，回家被揍得半死。

海菜有润滑的极长的茎，茎顶开花，白族民歌中咏唱漂泊人生"大理海子无根草，不飘不落不生根"，指的就是海菜。海菜芋头汤，是约定俗成的搭配，香糯滑口，探亲只要在时节，总要央母亲做这一道。

念想的夏日蔬食还有莲渣落，将饱满的青毛豆米，用石磨磨成浆，小南瓜切丝，先炒一下，盛出待用，将青豆浆下锅熬熟，加入南瓜丝、青茴香末，也可加上些炸好的糊辣子。青豆未老，豆渣不讨人嫌，反而有独特的鲜香值得回味，在素食中也最有营养。

秋天的雀蛋豆好吃，圆圆的豆粒，月白的底晕染着红斑点，用青辣子炒，既沙且香。

酱爆芋头花也是特色菜，红芋以采收花茎为主，花茎撕皮去蕊，不沾水，切成小段，放油锅里稍煸盛出，另加少许油将家

红葱酱炒雀蛋豆

制的辣黄豆酱炒熟，加入芋头花茎和蒜片略翻炒后盛出，隔水蒸。芋头花的香藏在花苞中，需要温度和时间的料理。黄色的芋花也可去蕊切碎晒干，煮泥鳅的时候撒一把，别有韵致！

冬日的菜园里仍有苗壮的青菜和折耳根，但好吃的要数冬笋。冬笋采自龙竹，"金衣白玉"，比春笋鲜嫩。《诗经·大雅·韩奕》里写道："其蔌维何？维笋及蒲。"意思是笋和香蒲是饯行席上的珍贵菜肴。

至于笋的做法，李渔在《闲情偶寄》中总结"素宜白水，荤用肥猪""若以它物伴之，香油和之，则陈味夺鲜，而笋之趣没矣""从来至美之物，皆利于孤行"。

—— 大理人心心念念的芋（头）花

—— 草芽与甜笋（笋和香蒲是饯行席上的珍贵菜肴）

大理的冬笋，一采山野之灵气，二有苍山清泉白煮，极简至妙。

草芽也叫"象牙菜"，属香蒲科。草芽乳白、甜脆、鲜嫩，一般用来烩鸡片、火腿或鱼片，清雅脆爽，有种"金风玉露一相逢"的美妙。

"蔬食足充饥，何必膏粱珍"。素食之妙，绝非用豆制品变出诸多花样，而一定是采摘自然生长的山野时令蔬菜，用极简之法烹之，方能正心诚意，完享大自然的恩赐。

大理，素食者得其所哉！

年近猪肥稻火烹

大理乡下，杀年猪是最有仪式感的事，这种仪式不似庙堂活动的肃穆，倒有希腊众神不拘小节的欢娱。

一年的辛苦终于换来了闲暇，大人和娃儿在富足而热闹的氛围中达成了彻底的互谅，父慈子孝。荤食的制作，也迎来了封禅台比武般的高潮。

清晨，相帮的邻里就到了主人家，吃一碗米酒荷包蛋，热乎乎地上岗啦！大理杀猪不用汤燖，而是特色的"火烧猪"，将就义的年猪放在备好的干稻草中烧，烧至猪皮焦黄，浇上滚水将浮面刮掉。

火烧有去晦之意，更重要的是要吃拌生皮。主庖将猪肚底两条极好的带皮五花肉解下，皮已焦黄，皮下约两厘米厚的五花肉则五分熟，女人们接手将其切成极薄的片摆盘，并整治好酸辣调料备拌。

随着主庖解猪完毕，做午饭的、备晚饭的、腌火腿腊肉的、

大理味道之火烧年猪

灌香肠的、做排骨猪肚鲊的，各个分工协作忙开了，聊着家长里
短，手里一刻不闲，高兴了还唱几句，集体劳动真心欢乐！

午饭菜式简单，原料却是精华，拌生皮、腌菜小炒肉、香葱
爆炒猪肝、桃仁炙腰花、清炒蚕豆米，外加胡椒猪血豆腐汤。少
而鲜的食材专为款待帮忙的邻里。

做腊肠的第一道工序是清洗，诀窍是面粉混合香葱、白醋搓
洗。大理的香肠是不熏的，所以肉的腌制和调料的比例要讲究，
印象中独特的是小茴香粉、草果粉和香菇粉。儿时似乎更偏爱豆
腐肠，将调制好的猪血、豆腐和少许肉末灌入猪大肠。豆腐肠不
能久存，约莫风干半个月时口感最佳，春游盒饭里加几片，则是

最后的享受。

排骨猪肚鲊俗称腌生，将纯排骨剁成小块，猪肚用面粉白醋洗净，用开水余一下，切成小块。将两种原料加少许白酒先腌一下，然后放盐巴、辣子面、天然香料拌匀，紧紧地压入双耳坛子中，坛口堵上稻草，盖上盖后在双耳中加冷开水隔绝空气。

腌生大概一个月后可以吃，因偏咸辣，一般和鲜豆腐或芋头一起蒸食。若不开坛，一年之久打开色泽仍十分鲜亮，蒸熟了的猪肚入口即化，排骨也十分入味，下饭最佳。

腌制火腿是个技术活！先将整腿旋切下，切面要光洁，不能破坏油膜，不仅为美观，也利于防腐。大理的好火腿出自云龙、鹤庆和漾濞，做法会稍有不同。

记得儿时家里是用白酒和井盐抹匀切面和外皮，抹的时候要

大理味道——杀年猪拌生皮　　大理老火腿

大理乳扇配火腿，乳扇的奶香中和了火腿的咸

用竹签扎些眼，利于盐的吸收，然后放到木缸内腌三天。三天后将腿切面冲下放在洁净的稻草上，上面压上大石块以挤压出血水，晚上挂在阴凉通风处风干，如此持续 20~30 天，每天更换洁净的稻草，清洁表面和补盐，之后一直挂上一年以上就慢慢成熟了。

制作火腿是典型的说者容易做者难，既要倚仗制作者分寸的把握，也要靠天气风日的配合，恰能体现中式料理的境界：七分靠人，三分靠天。

好的火腿不柴也不咸，越陈越香，绝非超市中似是而非的东西可比。放养的山猪，土法制作的火腿，切开时的香味极为诱人。按西式切成极薄的片配蜜瓜或无花果生吃，固然最能体现火腿的原汁原味。按中式规矩，火腿也是蒸、炒、炖、煮的最佳伴侣。最后留下的火腿脚，难收拾，但先烧后烫拾掇干净后用来炖白芸豆极好，起锅前加些豌豆尖，不同成熟期的荤素食材完美融合，遂成绝配。

腊月里制作的荤食，还有弥渡的萝卜丝卷蹄，鹤庆的吹肝、粉肠，风味都很独特。

最后，还得念想下热闹而丰盛的晚宴——土八碗。儿时最喜欢的是豌豆青茴香粉蒸排骨，虽然流落在外的这些年，吃过多种米粉蒸肉，但再也找不到从前的味道，根究起来，大概因主材不是放养的山猪，辅材不够新鲜天然，米粉也非现磨现调，总觉味道不清爽。雕梅扣肉、小酥肉青菜钵、厚凉片、用酒浸曲米烧的红白方肉、蒸百合圆子以及时令蔬菜小炒，色香味俱足。这一切，都是为了配合老人的微笑和孩子的欢呼！

从前的人，体力劳动多，平日里多是肉少菜多的健康饮食，个个健美，人人三低。杀年猪的时候，天气乍暖还寒，气氛和谐欢乐，主人家又慷慨，就着泡了半年的木瓜酒，吃一顿热乎乎的杀猪宴，岂不是人间乐事！

甘草峻药入味来

从东汉辑成的《神农本草经》、唐代孟诜的《食疗本草》，到明代李时珍的《本草纲目》，都隐含了药食同源的饮食体验。

大理是垂直气候带，植物丰茂，药材品类齐全，出门上山甚而房前屋后就能挖到药材。药膳，既家常又特别！

鱼腥菜又名折耳根，是大理人家之寻常菜品。折耳根全身可食，其叶向阳的一面碧绿，背面呈紫红，有雪白而修长的蔓根，多野生于阴湿坡地。我家引种有野生品种，滋味比市场售卖的要浓郁。

折耳根味辛香，性寒凉，能清热解毒、利尿除湿，入食可凉拌、可清炒，亦可做汤。凉拌一盘折耳根嫩叶，清爽有药香，恰能治疗春节油腻。若要治疗中年复合油腻，最好来一盆折耳根＋刺五加＋树头菜＋药芹＋百合杂拌，清清白白，既苦且香，杂症需复方。

香茅草也叫柠檬草，天然含柠檬香，有和胃、通气、醒脑之功效。荷兰人用柠檬草做鱼料理，在印度和马来西亚，用作腌菜的调料，或作为咖喱果子露、汤、甜酒的配香，也可单做茶饮。大理人用香茅草炒鸡、烤鱼，去腻增香，烹制时满屋飘香，上桌令人食指大动。人离开大理又会常常念想那种特殊的香味。

木姜子（山胡椒）可行气止痛，健脾消食，解毒消肿，香味也极特别。大理人用山胡椒、小米辣炒牛肉碎，是非常好的下饭菜。大芫荽有点儿像油麦菜，但有锯齿形边缘，可消食下气，醒脾调中，也是辣炒牛肉的绝配。

煲汤的药材很多，常用的有虫草、三七、天麻和石斛等，均能高妙地寓药于食，寓性于味。这几样药材都不寡（刮油），最适合煲鸡汤。

虫草可益气温阳，增强免

折耳根（鱼腥菜）

折耳根嫩叶（自家菜园现摘现拌）

木姜子（山胡椒），可以用来爆炒雪花牛肉、小炒乌鸡，有特殊的迷人的香味

新鲜铁皮石斛，煲土鸡汤，养胃

疫抗疲劳，身子弱吃也不妨事，常吃可治痼疾，唯一毛病是太贵。三七甘苦微温，活血化瘀，归肝经胃经，但一次不能多放，否则不是药膳鸡汤是苦药汤了。天麻润而不燥，主入肝经，长于平肝息风，可治头晕目眩。天麻味重，也宜少量多食。石斛有黄皮、紫皮、铁皮之分，以铁皮石斛最佳。石斛生津养胃，滋阴益肾。其有顽强生命力，干放着也能开出花来，更给食者心理暗示。

天麻和石斛都以鲜食最佳，但偶尔进食并不会有什么效果。某次在大北京某南派餐厅，服务员将其鲜石斛煲的汤吹得神乎其神，一问果然是天价，恐怕体未健而心要沥血了。

《黄帝内经》依据药物的性能功效，将365种药材分为上药、中药和下药三大类。上药为君，主养命以应天，无毒，多服久服不伤人；中药为臣，主养性以应人，无毒有毒，斟酌其宜；下药

新鲜天麻

草乌的花美而高贵，见者陡然生敬意

为佐使，主治病以应地，多毒，除寒泻，破积聚，不可久服。

　　大理民间有以"下药"入膳的传统，最有代表性的是附子、草乌炖猪脚，尤以宾川、鹤庆县为甚，江湖传说"宾川第一怪，毒药炖作佳肴卖"。

　　《内经》主张"阴平阳秘，精神乃治"。云南四大名医之首吴佩衡用药峻重，重祛邪而慎滋补，善用附子消阴扶阳，别号"吴附子"。吴氏医案，在危急症的治疗中，附子用得很多，人参却用得很少。"水谷常食人多寿，参茸多食人常夭。"

　　中医界历来存在拈轻怕重、明哲保身的习惯，处方只尚平和，讲究所谓轻灵轻清，不敢也不会用峻药，其实是"借平和以藏拙"，说到底是医术不高，也缺乏胆识。附子有大毒，吴氏善用峻药重剂救治疑难重症，能起死回生，显示其医术精湛、经验丰富、胆

炮炙过的附片炖猪脚

识过人，实乃大将风度。

附子通常孕妇禁服，但云南中医学院曾有一讲授《金匮要略》的老师，妻子体弱多病，妻子怀孕期间其亲配附子猪脚药膳作孕妇餐，结果孩子生下来囟门热乎，阳气足，极少生病。

若非婚姻达到了高度互信程度，有人敢炖，也没人敢吃啊！

附子炖猪脚是较好的扶阳药膳，肾阳足则手脚暖，胃阳足则身体健。只是料理起来需十分谨慎，要在敞口容器中煮 8 个小时以上，中间若需加水，只能加沸点开水，专人盯守，如厕也要换班。食后要注意保暖，忌食生冷，也不能吃隔夜剩的。

有个熟人头天炖了附子猪脚请同学，大家吃了都安然无恙。

剩了点，没舍得扔，第二天独自热透了再吃，迅即中毒，口舌发麻室上速，送到医院急救，从此这位先生只要听见附子就头皮发麻。

草乌乃剧毒之药，但祛风除湿、散寒止痛有特效。家里一个朋友的妻子从新疆嫁到昆明，因儿时受寒，风湿严重，关节变形，行走困难，丈夫道听途说后给她弄了半勺草乌粉吞下去，病人迅即全身紫胀得像只巨型茄子。

万幸没有堵车，而且云南的医院救治各种中毒患者经验丰富，这位女士送医及时被抢救返阳，医院说晚送 10 分钟肯定就没命了。好在救过来后风湿症竟然痊愈，妻子事后会不会追究鲁夫这莽撞行为想来不足为外人道。

"三言""二拍"中也有一个服砒霜求死结果治愈了严重皮肤病的向死而生的故事。虽说"以毒攻毒"没错，但风险也是巨大的。

草乌有黄、黑、白几种，多产于海拔 2500 米以上的山地。宾川鸡足山具有独特的气候水土和优越的自然条件，出产的白草乌药用功效最具独到之处。草乌很寡，一般用油大的猪脚炖。

草乌有剧毒，炖煮时，要求极其严格，通常要连续中火炖煮 12 个小时以上。合格的料理能去除草乌的大部分毒性，但并不能完全消除风险。大理每年都有草乌中毒致死事件，所以餐馆禁止售卖，有经验的人家料理，也不会邀请朋友赴宴。若非寒严湿重，还是不要轻易尝试为好。

儿时在漾濞乡村，大队的赤脚医生会自己上山挖草药，自行晒干或炮炙，野生草乌并不罕见。某次大队支书要开点草乌煮药膳，赤脚医生本不肯，经不住支书左说右说，遂反复交代了煎药要求以及服后一定不要吹风受凉。没承想支书吃完草乌药膳，返家途中见集体水塘排水口漏水，忘了禁忌，脱了长衣长裤跳下水塘运泥堵水，结果回到家半夜喊难受，未及送医就没了命。

赤脚医生祖传成分高，事后吓得跑到山中躲了好几天，直到县医院工作组检查方子，认定剂量和医嘱都无误后，他才敢摸回家。穷乡僻壤，艰难的岁月里人心倒还客观温良。

《内经》对食疗有非常精到的原则，"大毒治病，十去其六；常毒治病，十去其七；小毒治病，十去其八；无毒治病，十去其九；谷肉果菜，食养尽之，无使过之，伤其正也"。意思是大毒之药为攻毒救命，病去六成能吃能睡就要停药，顺而循之。

重疾需猛药，靠的是医术高超，胆大心细！无疾无痛，五谷果肉蔬菜不挑食七分饱乃最佳养生之道。修身齐家亦如是！

琢磨米其林

　　正如其他洋派事物一般，现今米其林呼啸而来，成了国人某格生活的代名词。

　　自从日本、中国的香港和澳门的米其林红色指南发布后，什么"奢华 8 天米其林摘星之旅"，什么"10 天吃掉 23 颗星"，什么

米其林大厨和轮胎小人

米其林上海红色指南

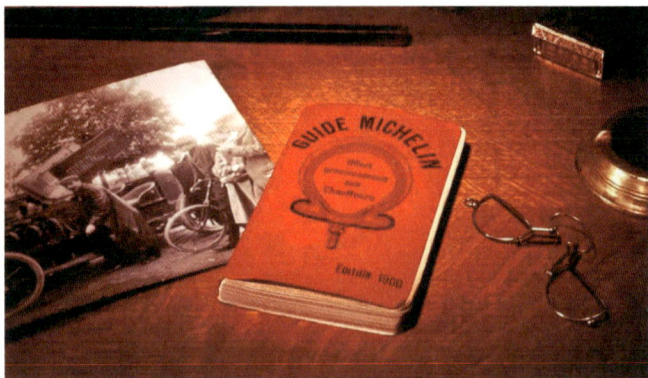

"32家米其林三星凑齐，让你一次吃个够"……乱花渐欲迷人眼。

2016年9月，米其林发布上海红色指南，分别有1、7、18家餐厅获得三颗、两颗和一颗星，还有25家餐厅上了必比登美食推介榜。

上海榜单发生了两个意外：一是史上竟然有了一家做团购的米其林餐厅，二是一星餐厅泰安门（Taiantable）涉嫌无证经营关门歇业了，成了"史上最短命"的米其林餐厅。但事故丝毫不影响大众的热情，这些餐厅的预订瞬间排到了年底。

饮食文化的断层，让温饱不再是问题的人们对"怎么吃"四顾茫茫，积感成疾加上进阶迫切性，让国人对食物的判断失去了自信，对并不了解的米其林指南有一种盲从，并试图以光顾米其林餐厅作为品味的一种加持。

1900年的万国博览会期间，米其林兄弟看好汽车旅行前景，出版了随身手册大小的《米其林指南》，随后被收录在"米其林红色指南"里的餐馆，被称作米其林餐厅。

1926 年，米其林红色指南开始用星星来标记餐食的优良。1931 年，交叉的汤匙和叉子标志被设计出来表示餐厅的等级，如果特别满意就标为红色的叉匙，普通的则是黑色。

笼统而言，米其林星级反映食物水平，餐厅的舒适度则由叉匙表示。叉匙与星级并不具一致性，有的餐厅拥有 5 副红色叉匙，但只有一颗星。

不管你喜不喜欢米其林的推荐，米其林毕竟有着一百多年在全世界范围内的运作经验，依靠专业而神秘的评审团队，从食材到技艺的严苛标准，掌控了旅行餐的话语权，虽然近几年有些式微，但公信力仍未坍塌。

米其林星级餐厅的核心人物及其运营方式，大致可分为三类。

一类是主厨出身，特别在意个人对食物的爱和创造力，在已然获得食客追捧的情况下，商业运营反在其次。

一类不是主厨出身，或已由主厨完全转型，更在意商业运营，在乎商业上的成功。

第三类是顾问或艺术类背景的人，懂吃，对服务特别在乎，在乎给别人好的体验，追求的是人类吃东西的行为，不局限于经营，也不局限于吃，是一套宏观的行为设计。

以上三者都在乎，并且有天赋、能吃苦的在全球应该能排前100。比如寿司之神小野二郎，对食材、技艺当然有精益求精的追求，但更重要的是老人家关注顾客用餐的进程，随时根据客人的细微好恶来调整供餐服务，简直就是读心术。

餐饮是个特别复杂微妙也有很多问题的行业，主观性和个人认知的差异非常大，不同主厨，在其个人的不同人生阶段，追求的东西也一直在变。

就像艺术家，他在成长过程中不迎合，始终有清晰目标，始终保持自己的追求，清楚想要的东西，这样的人也不多。出生国度、文化烙印、家庭背景、生存压力、专长、谋生手段……有特别多的因素在干扰。

米其林一星和二星的餐厅每年要接受 15 次左右的反复评鉴，而三星餐厅要接受评鉴的次数更多，如果评鉴过程中出现了有失水准的情况，就要被降级。

评上星级，尤其是三星餐厅，对一家餐馆和主厨来说是无限风光、无限荣耀又可带来滚滚财源的事。但评上了星级，并不代表可以一劳永逸，二三星有可能会被降级，甚至有名厨因餐厅被降星而自杀。

米其林既然有了上百年的评星标准，想挂星的餐厅难免就有孜孜迎合之举。米其林餐厅或者正在奔往夺星之路的餐厅，食物的视觉冲击可能更甚于味觉。上等的食材、华美的装饰、艺术作品般的摆盘、新奇的烹调方式，食物尚未进嘴，气场足以震撼。仿佛不把东西方香料混搭就不够水平，不反复折腾一下食材都不好意思把食物端出来。然而，食客事后极有可能反复回忆却无法记起到底吃了什么。

星星挂在头上，主厨和老板压力山大，为了创新而用力过猛，一味追求摆盘的艺术性，追求味道的复杂度和层次感，结果吃到

米其林要点：盘子大、食物少、食材稀罕，追求味道的复杂和层次感

嘴里五味杂陈，反而失去了食物的本真和魂魄。

就饮酒喝茶的艺术性而言，国人倒也不必妄自菲薄，咱前辈也曾是超星级的。

比如大名士杜慎卿在自家园子里请客，只用一味江南鲥鱼，配以鲜笋、樱桃下酒清谈，喝的是永宁坊上好的橘酒，酒后的点心是猪油饺饵、鸭肉烧麦、鹅油酥、软香糕，收尾是雨水煨的六安毛尖茶。

杜公子嫌即席分韵联诗是"诗社里的故套，雅得那样俗，还是以清谈为妙"。只用眼神请戏班世家鲍廷玺吹笛子，小童唱李太白的《清平调》，区区两人达成"穿云裂石之声，引商刻羽之奏"。月上时分，牡丹花色越发精神，又有一树大绣球，好似一堆白雪。

名花、清友、乐韵、月色，还有一个面如敷粉、眼若点漆、温恭尔雅、珠辉玉映的主人。这斯文，这克制，这玉树临风范儿，京都的怀石三星也难免要自惭套路过度、用力过猛了。

妙玉一个出家人，请贾母一行人喝茶，亲自捧了一个海棠花式雕漆填金云龙献寿的小茶盘，里面放一个成窑五彩小盖钟，特意用旧年蠲的雨水泡了"老君眉"，奉与贾母。给众人用的，"都是一色的官窑脱胎填白盖碗"。请宝黛钗喝的私房茶，给宝钗用的是"瓠瓟斝"，斝上有一行小字是"晋王恺珍玩"，给黛玉的是"点犀盉"，给宝玉的是自己日常用的绿玉斗，并且"不是我说狂话，只怕你家里未必找的出这么一个俗器来呢"，泡茶的水也是五年前收的梅花上的雪。

啧啧！这排场，这傲娇劲儿，岂是提前三个月能预订到的？

私园雅集，梅雪烹茶，固然超凡脱俗，非槛内人能觊觎。但看杜公子和妙姑娘的做派，对食茶、酒水、器物、格调的执着，倒是有刻意的虚气，反倒失了真名士的随性和豁达。

长江污染得厉害，鲥鱼不吃也罢。雨既是酸雨，梅花上的雪也分外可疑。普通人，味觉并非训练有素，琴棋书画也是懵懵懂懂，对"好不好吃"的判断又取决于家族食谱熏陶，不必为难自己。

就我有限的经验而言，米其林食物总体好吃，有的不好吃，极少数你想吐掉还真没地方吐。

恕我不厚道，臆测大部分国人和我一样，对米其林的饮食文化追求知之有限。就餐印象可能是：盘子大，食物少，食材稀罕，一般不搭的食物米厨敢搭，谓之创新，再加上粉末和泡沫，最后主厨致谢收场。而去米其林餐厅用餐的乐趣则在于拍拍拍，拍食物、拍餐具、拍自己，最好还有一张与大厨的合影压轴。

作为云南土著，我更喜欢食物的最初面目，喜欢食物本真的清雅香糯，喜欢食物进嘴时的快感，以及与我肠胃的匹配度，还有自在轻松的进餐环境。无论在地球哪个角落，新鲜有机的本地食材，简单的烹调方式，不复杂的原味，家常的进餐氛围，足以令我身心愉悦、精神舒畅。

米其林餐厅很好，自己花钱，机缘巧合为之可以。被人请，当然好，却之不恭，泰然受之。孜孜追求就算了，那终究不是让我等俗人儿从经济和精神两方面能放轻松，最终让胃获得慰藉的行为。

大时代下的小日子

2022 年，防疫叠加冬奥，已早早理解春节不能离京。虎年来了，肉，要储备起来！

心情

"二十三，糖瓜粘。二十四，扫房子。"无论这一年怎么奔波操劳，吃得苦中苦方为普通人，小年伊始，无论谁都是要辞旧迎新的。明天虽说是谜团，但过年讨个好意头，未来的，总归还有希望。

城里人老早不供灶神了，对灶王爷的小报告也抱着爱谁谁的态度，扫房子就成了起头的一件事。

《朱子家训》："黎明即起，洒扫庭除。"大北京金白蓝绿领们的日常，黎明即起，拖娃出门赶地铁。即便家里没住家阿姨，平日里多数也会请钟点工到家做饭搞卫生。

拼命工作，不就是为了付得起家政工资嘛！自己再额外花些

胡同年味儿

家的小哲理

钱去健身流汗，仿佛这种汗比那种汗闪亮，其实都一样咸。

年尾了，孩子们也放假了，不妨放下平日里的压力和竞争，回想父母曾带给我们的当时只道是寻常的智慧和乐观，带着孩子一起清扫房屋，购置年货，写对联贴窗花，准备饮膳烹调，以比较放松快乐的状态过个年。正如海德格尔所说："生命充满了劳绩，但还是要诗意地栖居。"

记得孩子小学四年级的时候，我家已不再请阿姨，也不用钟点工，孩子自行上下学，家务由家庭成员分担。孩子们长大以后，虽然离学神差了 n 个学霸，但自理能力都比较强，不把做事当负担，无论是客居还是旅途，埋锅造饭，背行李扎帐篷都能把自己照顾得很好，也特别乐于帮助别人，自然也就成了比较受欢迎的伙伴，这也算是家的一种传承。

洁净代表一种自尊。即便在偏远的村子里，院子扫得干干净净、好客豁达的人家，孩子也都比较有出息。

过年的大扫除，理论上应该比较彻底，拆洗窗帘，整理物品断舍离，擦地除尘，清扫所有卫生死角，把窗户玻璃擦得明镜似的，让家变得洁净可爱，自己也顺带获得极致劳动后的酸爽。

过年仅有干净是不够的，还要热闹丰富。已经断舍离的年代，这种热闹丰富不在于展览不缺，而在于一种氛围。可以带着孩子剪窗花、写春联，把多年收藏的精致小物件挂出来。

就个人而言，我并不喜欢古老贵重的饰物，古董里承载了太多故事，我恐怕自己小身板"载不动，许多愁"，而贵重的东西又非己所能负担，总之，一切以轻松愉悦为佳。

我收藏的小饰物大都是各地旅行带回来的，有巴尔的摩海边背回来的橡木板，上书"My house is clean enough to be healthy and dirty enough to be happy."，透着一种中式禅意。也有老家阿婆满怀爱意给虎娃绣的"有虎，来福"。

小饰物平日里容易落灰，不好清洁，摆挂多了也显得家里杂乱，年节里挑选合适的摆挂出来，自己愉悦，也让孩子懂得，美好的生活需要一点儿用心。

流行语说"成年人的生活里没有'容易'两个字"。过年，就是要消解这种不易，获得举重若轻的启示。

年花

种花、插花、簪花，从宋代起就是中国文化世俗化、平民化、人文化的一种具象，忙里透着一种悠闲，是疲惫生活的气口儿。

老舍先生说："花不多的钱种一院子的花，即使算不了什么，可是到底可爱呀！"这和王世襄先生做菜一个理儿，用最普通最便宜的原料做家常菜，关键在选料、搭配和火候。

种花做菜，无非出于热爱，为了愉悦，可别为物所累。花痴，花魁，总透着一种心比天高命比纸薄的傻气儿。

记得鼠年春节回家，陪老父亲去逛花市。老爷子身板健朗，也擅长园艺，但名贵的花儿，他只去花市看，很少买。

当时有棵朱砂紫袍茶花开得真好，老爷子非常欣赏，驻足良久，只是嫌贵不肯掏钱。我当即买下送给老父，老爷子一迭连声说"买贵了买贵了"，但回家路上遇见老伙计夸赞树壮花好时他就

最实惠的年花——蝴蝶兰

很得意地说"女儿买给我的"。大过年的，也让花农多赚点钱不是。

得益于时代进步，北京过年的花市也是争奇斗艳。但因气候原因，养花的门槛其实高得很。去年春节因思乡之故，我在玉泉营花市买了一株一人高的茶花。买时花开得好好的，还有不少骨朵，喜气洋洋的。可惜搬回家第二天，花朵就有点打蔫，没到初一，连花带朵都掉光光，很是扫兴。

现在我无论自养还是送人，都买皮实好养花期长的蝴蝶兰。无奈大花市各个花摊种好的蝴蝶兰都大同小异，巨大一盆，弯成同一个姿势，透着一个"壕"！

为此我通常花点心思，在淘宝买复古釉色的小花盆，或者是文房小水缸，比如绿釉茶叶末色或者窑变郎红，如果图易搭，就买质感好的白瓷小花盆。配种一株单剑或双剑蝴蝶兰，十分雅致，花期大约两个月。送朋友放书房或者茶席，大家也都喜欢，毕竟送的是心意而不是豪气。

今年送师母的是一盆从淡粉到深粉的搭配蝴蝶兰，谁说"80后"不能有少女心呢！师母是宁波大户人家小姐，十分娇小，北上师大求学，嫁给了山西老区走出来的男同学。新社会新气象，师母留校任职，亦是贤妻良母的典范，我们上学时，恩师师母都十分爱护学生。

恩师为人十分耿直，看老伴儿喜欢，心里也高兴，但嘴上还是要说"养什么花，把人照顾好就不错"。正如我们的父母，有分歧，有不同，但更多的是一起走过风风雨雨的亲近和相依。

小食

准备点传统的中式点心，才有过年的氛围。

北京点心给人的老印象是高油高糖，既腻且硬。南人周作人说"我在北京彷徨十年，终未曾吃到好点心"。而马三立先生也调侃：汽车把桃酥轧进了沥青马路，用棍子撬，没撬动，棍子却折了。幸亏买了中果条（江米条），用它一撬，桃酥出来了。

事实上，梁实秋、唐鲁孙、王世襄等大家，都曾在文字中表达过对北京点心无尽的深情，比如萨其马、花糕、藤萝饼、缸炉啥的。特别是藤萝饼，春天藤萝花开才有得吃。还有京菜馆里的小吃拼盘，豌豆黄、芸豆糕、驴打滚、艾窝窝、红豆糕，也都细糯可人，只是这几样要现做的才好吃，不太能放。唐鲁孙说他家世居北平，但从先曾祖起宦游南北，春节时为待客做的小吃主要有枣糕和萝卜糕。前者柔红散馥；后者所用香肠、腊肉、虾米和香菜，选料精纯。两样糕点，连晋人和粤人也是要叹服的。

亏得年轻人"安利"，去年我多次光顾护国寺富华斋饽饽铺，各种糕饼，可圈可点，想来应该是老先生们惦记的那种口感。我最喜欢的是玫瑰豆蓉酥，不太甜，也不油，层层酥皮轻盈细腻，配合绿豆蓉和玫瑰的酥香，是很好的茶点。

也买过小店食之六七的椒盐牛舌饼，据说面点师傅是个河北大哥，不知大哥的胖手指如何能变出那样的细巧点心，不油不腻，却又酥香勾人，实在比富华斋的牛舌饼还要好吃很多。

还多次复购过台州的手工红糖烤糖，是非常有年味的小吃。用糯米花、麦芽糖、红糖、芝麻和桂花，手工古法制成。看起来是米花糖，但特别酥香脆，入口即化。

家里储备的还有宁波好朋友手作的山核桃酥、漂亮的果糖、紫米馒头、黑洋酥流心水磨汤圆，那样好的品质，市场上难得一见。

食材

福虎将至的当口，宜多囤点南腊北冻。现如今一方面物质极大丰富，另一方面为自己的健康不能吃所欲吃。过年了，就得花心思买点好食材。

家姐已早早递了火腿、香肠、豆腐血肠和腊里脊来，没到年

老百姓的年货店

关已待过两次客，自己家做的，还是小时候的味道。也买了四川内江的土猪酱腊肉和土鸭子，酱腊肉是一个乡下阿婆做的，碳水杀手，香绝！阿婆代购的两年生土鸭子，用来煲笋干老鸭汤。

昆明的静荷姐打来电话，已预订了普洱景东的飞鸡，年前会急冻了发北京，赶年夜饭。煲汤的土鸡本来也有很多渠道可买，但亲人这种心意，总是会让我们感动。来来往往的食物里，蕴藏着长长久久的情谊。

每年还会拜托宁波好友昀妈在渔船上买些小眼睛油带和鲳鱼。好友厨艺高超，又特别乐于分享，每次都会不厌其烦地交代食材的储存和料理，以期大家都能吃到地道宁波美食。

记得上次带女儿并好友到宁波，我们非常直白地表达了想去她家吃家宴，而且要赶下午的高铁，只有中午时间。我们中午如愿赶到，女主人头天已花了好些功夫做好了醉蟹、醉虾，白糟鲍螺，早起做了一滴水不放的黄酒烧土鸡，莴笋凉拌蜇头，冰镇秋葵。她先生和女儿陪我们上桌开吃，昀妈才紧锣密鼓地给我们做热菜：头茬雷笋烧冬菇，酱烧油带，雪菜蒸野生黄鱼，并以桂花小圆子收尾。每道菜食材都极新鲜，料理得恰到好处，带着镬气上桌，鲜香四溢，温馨美味。那真是我吃过的最好的家宴！

自己也要备些排骨、牛尾等汤材。今年还发现了一种上品羊肉——冰磴驹骊羊。初冬时节，新疆草原到处是冰磴，驹骊山羊能攀爬到悬崖峭壁上吃草，果腹的同时也吃进了大量中草药，经过严寒洗礼的山羊野性足，体健貌美，只长精瘦肉，羊肉只香不膻，特别适合煲鱼羊汤，也算一种药膳。

冷食

年前还可抽空做出一点儿冷食来，以应紧急招待客人，比如林文月在《饮膳札记》里记叙的水晶卤蛋、葱烤鲫鱼和椒盐里脊。书中做法介绍得非常细致，但凡有点儿烹饪经验的，照做多半不会出错。

其中椒盐里脊考验成品的刀工，要薄且完整，由内到外由粉红色、米色、白色过渡到褐色，清爽可口，既可下饭，又宜佐酒。

葱烤鲫鱼中上海人的"烤"应该是宁波人的"爌"，即小火慢烧至骨软刺酥，佐酒十分合宜，做好后可储藏一个长假，临时来客也能从容应对。

水晶卤蛋是溏心的，一剖两半，金黄色蛋心油融融，蛋白部分由里至外褐色渐深，完全像件艺术品。

《饮膳札记》里收录了 19 道佳肴的做法，但全书意在回忆与父母亲人、师长友朋、学生晚辈一起度过的愉快时光。虽然世间没有不散的宴席，时光荏苒，往往物是人非，但每种菜式都重温心底长留的温情来作曲终的雅奏，是一本很适合春节一读的小书。

林文月回忆母亲不管在哪漂泊，年节都固执地给孩子做家乡美味，农历年蒸菜头粿，端午节包台湾肉粽，让孩子们对遥远的故乡有一种向往，仿佛有一个可以随身携带的家乡。

我也会做点四喜烤麸和油焖雷笋，冷藏一周没问题。干烤麸有的品质不好，泡出来发酸，我不用干烤麸，通常抽空到三源里菜市场一个豆腐档买鲜烤麸和鲜腐竹。小小的豆腐档，货品却琳琅满目，每次去，都会被摊主的生意有限、热忱无限所感染。

世间所有的美味，都有看不见的功夫和心思，那是成人的口味。

茶叙

常感动于杜甫的《赠卫八处士》："人生不相见，动如参与商。今夕复何夕，共此灯烛光……焉知二十载，重上君子堂。昔别君未婚，儿女忽成行。"

相聚与别离，既欢喜又伤感，就是人生的本来面目。而与亲朋至交相聚茶叙，是人生赏心乐事之一。

林文月曾记载一个暮春黄昏，有三两朋友在她家聚叙。忽而，从东京到台北的韩籍青年汉学者小金来访。小金是多年前林文月游学京都时认识的朋友，专研中国古典戏曲的韩国人，说一口地道京片子。大家随性品茗，漫谈一些文学艺术话题。未几，又有人打门，开门竟然是台静农先生，他健步如飞，走进房门。众人重新坐定，接着聊书法画意，谈兴更浓。小金一直仰慕台先生，没想老先生自己送上了门！台先生谈得高兴，问"有酒没酒"，那酒必须有。林文月派先生选酒，自己则去冰箱翻找，给大家做了一个烤乌鱼子、一碟花生米下酒。谈笑有鸿儒，直至薄暮各自散去。

茶叙的茶和叙是相辅相成的。饮茶利于心性的清净柔和，我自己喜欢喝茶，懂得欣赏，但不过度追求。名山古树固然好，但渠道价格过高就没必要为小罐交智商税。个人喜欢白茶的幽香、红茶的回甘、青茶的岩韵和普洱的厚重，其实除了胃寒很少喝绿茶，其他的都能接受。家里常储着各种茶以备朋友的不同偏好，从一款茶的赏饮起头，渐入各种话题。

学长曾说饮茶就"净静敬"三个字。一是茶叶要干净。来源清楚，制作洁净，避免过度包装二次污染。二是饮茶要静心。心静了，各种感官才能打开，思维也会更清晰深沉。好的茶叙不仅能获得"喫茶"的愉悦，也让彼此都获得启发，有所提升。第三要有敬畏。茶道中行云流水、滴水不漏得益于一种敬畏专注，离开了茶桌，做起事来也可以杀伐决断。

至于茶器，实在不明白为何有人喜欢收藏成排成架的茶壶茶杯，更不明白为何要买上万元的茶壶。茶具本来是个用器，不用，就没有意义了。我家就两个盖碗，一个小茶炉，多了，用不过来的。

茶叙晚了，可以温一壶黄酒，下厨煮几碗阳春面，就着前述的小菜，喝到微醺。

春飨

春天万物生长，有很多美好食材，适合做一席色香味俱全的春飨。

我的春飨有不少食谱，其中以宁波班溪雷笋领衔，搭配云南时鲜的羊肚菌和青蚕豆，以红煨牛尾镇桌，浓淡相宜。这与园林设计、文章布局、绘画构图乃至人生许多事务同理，张弛有度，疏落有致，否则高潮迭起，令人眼花缭乱，反而不见高潮。

汤

腌笃鲜。主材宁波班溪雷笋，非常鲜甜，不需要焯水，最大限度锁鲜。用云南古法老火腿代替咸肉，用小排骨代替五花肉，这样的汤鲜香浓郁又避免了油腻。我不喜欢放百叶结，觉得豆腥味会破坏汤的高级感，但通常会加入鸡足山冷菌或鲜羊肚菌，不仅增加鲜度，还可以给汤色增加一点点厚度。

凉菜

大理煎乳扇（这是家乡的味道）

雷笋腌笃鲜

椒麻拌三鲜（现剥虾仁、雷笋尖、蚕豆米）

黄芪红煨牛尾

马家沟芹菜拌蜇头（这道菜从鲁采菜馆学来）

椒麻拌三鲜（雷笋尖、现剥带尾基围虾仁、青蚕豆米）

六喜烤麸（木耳、香菇、黄花菜、花生仁、雷笋、腐竹）

热菜

黄芪红煨牛尾

剁椒蒸笋壳鱼（过年了总要年年有余，笋壳在餐馆都蛮贵的，其实海鲜市场并不贵）

无量山鲜羊肚菌塞虾滑（虾肉、五花肉、荠菜、雷笋剁成馅，蒸好后浇松露汁）

雷笋烧冬菇

云南香椿爆炒青蚕豆

火丝炒藜蒿

甜品

桂花红米酒酿小汤圆

既是雷笋领衔，一席中以笋做了四个菜，有主有次，滋味各不相同，也是家宴的一种趣味。

虎年步步高

我们每个人来到这个世上，从牙牙学语、蹒跚学步起，总是不断有自我期许。而人到中年，往往成了"要不是头顶上有一片乌云，我就能怎样怎样……"

困难与蹉跎，是人生的必修课，也使我们认识到人生不止一

| 春飨（春天的家宴）

维，也可以是多维丰富的。一维意味着局限，而多维则蕴含了更多希望和可能。

新的一年，我们理应笃行不怠，踔厉奋发，但也不要忘了生活本来的美好，要记得家人朋友的情谊。我们可以像 Elon Musk一样对世界的未来有主张，但也别忘了今天对这个世界的爱。

愿亲爱的你们，虎步稳健，虎年步步高！

2022 年春节

第三部分　管窥人生

八十正青春

父亲今年八十九了，八十正青春。

父亲是幺儿，我奶奶40多岁才生下他。父亲在婴儿时期只吃过米布（较稀的米糊），有一晚病得昏死过去，长辈想，等下半夜天亮些再送走吧！没承想下半夜哭出声来了。

据山西村的老人们讲，父亲3岁了还不敢看太阳，属严重先天不足的。但他六七岁时在村里水塘学会了游泳，虽是野路子，但水性好，能游长距离。后来几十年在广东南海、云南黑惠江、洱海一直坚持游泳，60岁以后改打太极拳、羽毛球。

父亲八十了，身板反而更加硬朗，耳不聋眼也亮，头脑清晰胃口好，腰板挺得倍儿直，这全得益于自我训练。

春节回家时去采买年货，一大背篼，本来我背着，母亲发话："你背不动，让你爸背。"在老太太眼里，老爷子似乎永远也不会老呢！

父亲心态好，不修行已经得道。他好似一棵树，扎根在哪儿

85 岁的老父亲腌制酸腌菜（胡萝卜、
荸荠、大青菜）

85 岁的老父亲腌制酸腌菜，细切晾
干水汽的大青菜

是境遇，自己只管好好生长。

父母年轻时在水文局基站工作，从一穷二白开始建站。回头看生活是极其艰苦的，但父亲总是很乐观，带领全家随遇而安。建站房，造测量用的摇橹船，每年枯水期修补船只，后来改造电动缆道、自动雨量器，几乎都是他自学摸索完成的。老爷子制图基本功很靓，动手能力超强。

我们姐妹俩也是在没人帮忙的情况下父母自己带大的。汛期发洪水，最危险的时候也是他们最忙碌的时候。常记得放学回家，在半山老远看见父母穿着救生衣，在风雨飘摇的江上例行测量。我 12 岁时，他们已可以放心地同时出差一月多，让我们自己照顾自己了。

那时的人，似乎顾虑没那么多，他们在顺应生活克服困难中灿灿然地活着。

| 羊庄坪水文站时期的父母和同事，测量用的电动缆道改造完成

父亲有很多技能，他是木匠，也是园艺师，是工程师，也是饲养员。我小时候家里用的全是"老赵牌"家具，五斗橱、嵌花大床、衣柜、饭桌椅都是父亲上山伐木自制的，核桃木，木纹漂亮，很板扎，现在还在用呢！

从前在苍山西坡漾濞，水文站租村里的地，有个很大的院子。父亲嫁接了很多果树，梨、桃、青脆李、橘子、香橼、黄果，还

家里的李花

家里的梅花

有一大架酸溜溜的葡萄。春天看花，夏天、秋天到冬天，水文站的孩子们一直有果子吃。父亲还带领员工家属、孩子开荒种菜，养鸡养猪，自给自足，俨然新时代的南泥湾！

尽管我小时候也得起早贪黑，浇菜、担水、砍柴、割稻、喂鸡、喂猪、放牛、拾穗，但回想在物质匮乏的年代我们的生活还是很富足的，有肉有菜，有河鲜有山货，不缺吃，也不缺爱。

父亲在家里算是很出力的男人，粗活重活技术活，基本都是他一手包办，但他不以为苦，能发现干活的乐趣。父亲做事讲究统筹规划，总是将母亲布置的任务高效完成，这样一来归他自己的时间一大把！他的人生一向是多维的，艰苦工作、家庭劳动从来没耽误他发展个人意趣。

父亲爱好很多，这些爱好完全出于兴趣，没有任何功利心。我没见过面的爷爷是个乡村老中医，擅治癫痫，也是烧窑师傅，绝活则是反弹月琴。父亲在几十年岁月中，无师自通学会了三弦（白族传统乐器）、二胡、笛子、葫芦丝，他也喜欢下棋、读书、书法，还常常给外孙外孙女编些歌咏生活的打油诗。

父亲很爱孩子。我从不记得他对我们说过重话，更不用说打孩子了。我小时候任性胡闹，总是母亲一人单打，父亲极力劝阻。父亲教育孩子很注意尊重孩子的天性和兴趣，不会勉强我们学这学那。有一次我抱怨为什么没教我们一种器乐，父亲很诧异地说："你们并没有想学的意思呀！"

三个外孙、外孙女都是父亲母亲帮忙带大的。母亲责任心强，总觉得带孩子是个专职重职，父亲就比较看得开，兵来将挡水来

目送外孙离家

土掩，他似乎从来不认为带孩子影响了他退休后的悠闲时光。

老爷子在外孙还牙牙学语时，就给小屁孩拉二胡、弹三弦，自娱自乐，顺带看孩子。一老一少似乎通过音乐得到了良好的沟通，我儿子后来学习大提琴，并成为北京八中交响乐团团长。我们做父母的都是乐盲，这事儿肯定不能贪功。

父亲有赤子之心，他从不觉得自己和小孩儿有什么代沟，从来不忽视小孩儿认识世界的热忱。他和他们抱有同样的热忱，在日复一日的寻常日子中总能找到很多乐趣。

父亲70多岁还常常用裹背（白族背娃的设备）背着小外孙女（小狮子）去逛花鸟市场，东逛西看，买花

父亲的菜园子——薄荷

父亲的菜园子——鲜嫩小青菜

买土。在我们眼里平常得很的市场，一老一小觉得分外有趣。他认真回答小女孩儿的各种提问，也把自己种花养草的心得讲给小孩听，打小伶俐的小狮子也懵懵懂懂点头称是，给予花翁极大肯定，简直就是高山流水遇知音。

退休以后，父亲将自己巴掌大的小院规划成了菜园、果园和花园，买了榨油剩的豆饼来渥堆发酵，用作有机肥，连墙头都种满了绿油油的青菜，吃不完的有机菜倒成家姐的送礼佳品了。

除了侍弄三园，他亦不缺社交，常有老朋友不请自来，找他聊天，小区里也常常有后生晚辈来向他请教。假期回家围观爷孙下棋总觉温情绕梁，不过有时因儿子耍赖两人难免会吵起来。这

陪父母重返凤仪中学（凤鸣书院旧址）。20世纪50年代，老父亲和老母亲
先后从该校毕业，母亲更是在失恃离怙情况下以头名成绩毕业。重返故地，
两老非常开心，笑指凤山、荷花池、老校门、图书馆

时候我会轻轻感叹，上有老下有小也是福分啊！

白族没有文字，但有白语。父亲的遗憾是儿孙都不大会讲白语了。我能听懂大部分，可惜基本不会说。春节回家，老爷子手书了一本基础白语汉语对照，对外孙外孙女说，你们有白族的血统，不要忘了祖宗的文化。

父亲还有个遗憾是没学会驾驶也无法考取驾照了，无法驾车带着老太太买菜兜风，显然不够潇洒不够自由。某日他忽然宣布已从银行取了钱，准备买个老年代步车（电瓶车）。后经陪驾评估，尽管老爷子学习能力很强，但我们一致认为一个85岁的无照老青年驾车上街还是有可能会危害社会，遂无情制止。作为抚慰，外孙指导他用手机下载了驾驶APP，鼓励他在虚拟世界大胆上路，随心漂移，无畏氮气加速。

我读书的爱好和习惯倒是受父母影响，他们是工程师，但都爱好阅读。儿时虽然在乡下，但我有一柜子的小画书，家里四大名著甚至《基度山伯爵》《茶花女》什么的都有，似乎是他们从图书馆内部购买的。

父亲不给儿孙设定人生目标，唯一要求是要尽到自己的努力。这就算老赵家家风吧！

"青春不是年华，而是心境；青春不是桃面、丹唇、柔膝，而是深沉的意志，恢宏的想象，炙热的情感；青春是生命的深泉在涌流。"

父亲八十，正青春。

生于 1940

母亲儿时大抵家境不错，故而物欲淡泊。

20 世纪 90 年代，大理有不少做玉石生意的是精明的农村妇女，十几万元的货品就用竹背篼背着，毫不显山露水。

凤仪中学时期风华正茂的母亲

| 青春无边的母亲

　　某日熟人领着两个农妇来家里推销。我那时刚刚新婚，从来也不曾有过半件首饰，难免对那些温润矜贵的镯子垂涎三尺。母亲虽也过手赏看，但我知道她是出于礼貌。客人走后，母亲淡淡地说，比起当年外婆的镯子成色差多了。那个时候我特遗憾怎么就没有故事中那种历经沧桑的传家宝传到我手里！

　　经历了几十年的奔波劳碌，养儿育女，母亲很看重钱，我大学毕业后她终也能存下一些钱，多年来大抵也存了三四十万元，其间从来没想过把钱变成能增值的房产证券，她对更多的钱也没有欲望，那些存在银行里应急的储备让她白天心安，晚上神安。

　　我印象中的外公是个小老头儿，但五官精致，浓眉高鼻亮眼睛，颇有神采。遗憾的是母亲的容貌据说随了我未曾谋面的温柔慈祥的外婆，淡眉、小眼、塌鼻子，尽管如此，母亲年轻时的照片也算出挑，大概得益于她有一口整齐光亮的牙齿，眼睛虽小却清亮有神，肤色又白皙，着装又时髦，微微笑着，有一种自带小宇宙的高雅自信。

　　母亲的大伯聪慧过人，早年学习中医，后从家逃走，毕业于黄埔军校，不幸的是站错了阵营，早年战死沙场，事故让英俊才子的故事戛然而止，避免了家里受更多牵连。我外公是老二，带着两个弟弟经营粮茶土产生意、小额贷款和马帮，生活还算富足。

　　1950年，外公大概因大哥的污点、马帮事故、兼职做过保长等事，数罪并罚，代表家族劳动改造7年。1951年，母亲11岁，本无机会念书的她在两个哥哥的坚持下终于高龄入读满江小学一年级。

中学时代的母亲（图左右一为母亲，图右左一为母亲，暑假搬砖挣钱置的新衣）

　　四年后外婆得了腹痛症去世，我大舅妈蛮横地要求母亲退学回家带侄子，不给口粮。母亲遂自作主张跑到村委会，申请将购粮证迁到了小学，这样每月能凭购粮证和两个哥哥给的一点儿钱买到一份口粮，维持生活，亦维持学业。

　　1957 年母亲以头名成绩考入凤仪中学，隔年大舅不幸被打成右派，下放水泥厂劳动改造。幸好还有二舅照拂，母亲三年中学时光还算平静安稳，留下了几张青春无边的美好照片。

　　三年后，母亲 20 岁，以第一名成绩初中毕业，读高中已绝无

在广东阳江南鹏岛工作时期的父亲（右一）和工友

可能，只能选择公费的中专，她随机选择了云南省水利水电学校水文专业。

　　我的父亲母亲打小认识，我大舅是我父亲在凤仪中学的英语老师兼教导主任。1958 年我父亲从云南省冶金工业学校毕业，被分配到广东湛江工作。碣石潇湘无限路，八年里他除了给老父寄钱写信，给后来的未婚妻写信寄钱，竟然一次也没回过家。

　　"鸿雁长飞光不度，鱼龙潜跃水成文。"八年时间彼此样貌大概都变了不少，父亲母亲隔了几千里的恋爱在当年是美谈，若穿越到现在还真难以想象。

　　1963 年，母亲已 23 岁，因云南水文工作者奇缺，她无法

父亲（前排右一）和工友在广州

大理州南涧县大东涌水文站时期的父母和他们的第一个孩子

申请分配广东，被按需分往大理州南涧大东涌水文站，在红河流域元江水系上。父亲思家心切，遂于 1965 年改行调往大东涌水文站。

母亲独自漂泊 10 年后终于建立了自己的家庭，刚毅又内疚的外公难免喜极而泣。

大东涌是个偏僻的小山村，交通极不方便，1966 年母亲因难产差点儿丢了命。1968 年老家送信说我爷爷病重，我父亲花了一天一夜赶路，把鞋底磨穿了，最终也没见上最后一面。

除了生活条件艰苦，那段时间父母亲精神上应该是比较愉快的，从租住老乡家到建起新站房，又添了漂亮女儿，对未来充满

大理州漾濞县羊庄坪水文站时期的一家人

了希望。我姐出生前后食物还不紧缺，所以姐姐天生体质比较好，唇红面粉。

1969 年母亲到昆明参与运动，孩子无人照料，只能随身带着，一个孕妇，还牵着一个孩子，每天参加游行。那个时候食物变得很紧缺，排了很久的队，买到两个苹果，只能给眼巴巴等着的孩子吃。

我在母亲肚里天天吃酱油拌饭，难免先天不足，打小就黑瘦黑瘦的，幸而样貌随了我十分英俊的父亲，更重要的是实证了营养缺乏也不影响智力发育。

1970 年，我一岁，还没来得及好好领略大东涌的纯野生风光，父母奉命调往漾濞羊庄坪水文站建站，在黑惠江边。

漾濞在苍山西坡，我在马厂完小完成了小学教育。虽然成天和农村孩子在一起玩儿，但父母还是很重视我们的教育，家里有不少书。记得我五年级的时候参加了全县的语数竞赛，竟然拿到了第二名，把校长高兴坏了。

我上小学时，风声大概没那么紧了，我的老外公终于不再固执，搬来和我们同住了一年。我家是白族，外公受过旧式教育，识字，也会讲汉话，但他总是称我们姐妹为"你们两兄弟"，每周赶街会买豆沙红饼给我们。

为了避免外公寂寞，我家和邻居村民家合买了一头黄牛，那头牛在山里人家简直瘦得一点儿力气没有。从集市赶回家，5 公里的路，它歇了很多次脚。

我上学放学就经常能看见俩老头在田埂上放牛，老哥儿俩有

羊庄坪水文站时期，外公来投奔小女儿（后排左一），二舅和舅妈来探亲。每个人脸上都透着一些世情，前排右一的我十分严肃。其实大人们的烦恼在孩子眼里不值一提

些时候聊点家常思考人生，更多的时候是享受无言的默契。几个月后，牛被纯有机牧草养得油光水滑，嘴刁的我很是享受了一段有油煎牛干巴的幸福时光，所以对这一段记得牢。

乡下是小孩的百草园，大人们的烦恼在孩子眼里不值一提。实际上归田园居的生活极不便利，尤其医疗条件很差。母亲退休后有一次无意中说"再也不想住在乡下"。

那时候父母经常轮流出差，有一次父亲出差了，我半夜高烧到抽搐，母亲背着我流着泪走了两里黑黢黢的公路，到云台山林业局医务室广东医生家猛拍窗户，医生赶到医务室给我打了一针才渐渐退烧。

　　母亲年轻时身体很好，在学校也算体育达人，但长期艰苦的生活损害了她的健康。母亲曾因急性胆囊炎切除了胆囊，有一次流鼻血很厉害，堵住左边右边流，左右堵住从嘴里喷，被紧急送往医院做了鼻窦手术。

　　还有一次，医生检查建议我母亲不保留腹中胎儿。在约好的手术日，父亲外调归期遥遥。母亲带着我，雇了辆马车，先到集市上买好了单位急需的建材装上马车，牵着我去了县医院，拿两个药瓶给我在外屋玩，母亲独自承受痛苦的引产手术。更糟糕的

羊庄坪水文站时期的一家人（最小的女孩是邻居家孩子）

北京 天坛公园 留影
TIAN TAN GONG YUAN
1981

母亲 1981 年（41 岁）时到水利部水文司学习电算整编

是那天归途中突降大雨，我们都成了落汤鸡。记得过了很长时间母亲才慢慢康复，但落下了贫血症。

母亲是处女座，性格比较独立刚强，追求完美，总想把所有的事情做好。她怕黑，但不知走了多少星星点灯的乡村夜路；她不会游泳，但常常穿着救生衣在风雨飘摇的小船上测量；她晕车比较厉害，而云南盘山路又很折磨人，她每次出差都会吐得七荤八素，但从来没因此推托出差或耽误过工作。她40出头到成都学习电算，到水利部进修，后来带了一拨又一拨的学生，一直都是

父亲84，母亲78，重访漾濞县博南古道云龙桥（铁索桥），步履稳健

业务骨干。母亲那一拨专业生虽然都很平凡，也没什么可以书写的突出业绩，但却打下了云南水文工作的坚实基础。

母亲很爱干净，家里总是收拾得一尘不染，即使在艰苦的岁月，她也从来不向我们抱怨什么，而是尽一切可能让家里的餐桌饭菜丰盛，让孩子感觉不缺吃、不缺爱。

母亲也有遗憾。我大舅二舅母亲兄妹三人都在外工作，我倔强的外公晚年不愿离开乡土和孩子一起过活，便和村里一个阿婆再婚。外公孤身一人，后外婆儿孙都在村里，外公算是上门（入赘）。

母亲为此不能释怀，除了中秋春节就不怎么回乡了。外公本来身体不错，临去世前却有点儿神志失常，臆想被人追斗，断然跑出村跳进了水塘，被救起后得了肺炎，不久就去世了。

母亲一生奔波劳苦，晚年终得悠闲从容。她的一生遇到了一些麻烦，但命运也没把她抛下。她足够努力，足够勇敢，每每陷入糟糕的境地，她总是尽力而为使命运慢慢朝好的一端转化。就像一棵树，扎根在哪是境遇，自己总归要好好生长。

生命的意义，应该就在于这了不起的日常吧！

乔迁之路

我人生第一份工作在清华，随附的是清华园西北角的一个床位。

住宿条件和读研时差不多，只不过室友由三名减至两名，由筒子楼二楼朝东变成了筒子楼一楼向北。好在两位室友颜值都高，性情尤好，在阴冷的冬日夜里，抱着热水袋谈论彼此恋爱进展，也是姑娘们的乐事。

当时的一件奇事就是我男友单身宿舍和我单身宿舍的钥匙竟然一模一样！因为彼此都没有家传的宝贝，亦无钱去买，就交换了钥匙作为信物。

后来我们陆续结了婚，一位和先生都是清华"青椒"，分到一间带小院的平房；另一位也搬到中科院宿舍。我先生住在六里桥单身宿舍，两人一间，其同居者意气风发地南下下了海，他得以独居一室，算是我们的新房。书桌、书架、椅子、二合一的床都是公家的，只有人是我的，当然主要还是单位的。

我带着一把牙刷，算是过了门。

六里桥的单身宿舍楼有个公共厨房，并配有一名厨师，给青年员工们做晚餐。偶尔我俩也在屋里用电炉子开个小灶，就有很多人过来吃，那是我厨艺的发源之地。

宿舍旁边是活动室，配有电视。某日，电视不翼而飞！管楼的大爷上上下下找了很久，最后发现被某位颇有个性的员工搬到自己屋里去了，似乎也没退回。

没了电视，活动室失去了存在的意义，不久被一个带孩子的家庭占用了。他家小男孩长得非常好看，不知为何我俩颇得他的欢心，小人儿常常挎枪持刀来征服我"家"。

记得看过一个美国女人写她新中国成立前随丈夫到天津定居，她丈夫是自来水公司总工，新中国成立后在全国自来水工程建设中积劳成疾，不幸去世，她深受打击，患上了抑郁症。那时政府进行住房改革，她带着孩子搬进了筒子楼，在邻居的帮助下和筒子楼这种全无隐私的环境中生活，她发现自己的抑郁症消失了，又能重新开始生活。

闪婚的原因是男友号称单位要分房（结了婚才有分房资格），但我们还是在单身宿舍等了两年，终于分到了蒲黄榆的单元房。那是单面坡屋顶的多层楼房，一梯两户，顶层是一户，因先生贪恋两个朝阳的大房间，选了顶楼，厨房和卫生间都没有窗户，夏天做饭等于蒸桑拿。

当年小区适龄儿童都在马路对面里村小学上了学，老家亲戚朋友还说，"好不容易蹦跶到北京去，孩子又去村里上了学"。结果孩子们长大了该北大北大，该西北大西北大，芝加哥那个。

虽然终于有了房，但我上班要从丰台到海淀，从南往北穿越大半个北京城，学校给我保留了床位。那个时候我通常 5：30 起床，赶最早的一班公交，倒两次车，再骑上破破烂烂的单车飞奔到清华颇有年代的主楼上班。

后来怀孕，先兆流产，母亲很是担心，只身来京看护我。周一母亲和我一起坐两个小时公交车到中关村东站，再走 40 分钟到宿舍。

母亲陪我一起住在宿舍，每天到照澜院买点排骨或鲫鱼，用电炉子煲些汤令我多喝。周五再一起回到南城。虽然辛苦，但有母亲陪伴，日子也就一天天安心过了。

儿子一岁多的时候，先生单位再次分房（第一拨房改房），我们有机会从丰台换到西城。我上班的路程近了一半，而且终于无须再用桑拿厨房，太开心了！

住一起的多数是相熟的同龄人，孩子们也变成了开裆裤发小。记得夏天在二楼阳台上看儿子和小伙伴在院里吃冰棍，小朋友吃一口，然后给我儿子："我没什么病，吃吧！"于是乎两人一人一口幸福地分享了一支冰棍。

2004 年，婆婆过来常住，并有多年未联系的表姨突然来访，自己作主住下了。虽买了双架床，但还是觉得拥挤和不便，于是被逼到处看房。

那时附近有个非常好的楼盘，我们从出正负零开始看，看来看去还是觉得太贵，等 2005 年终于下定决心去买时，已经没有一手房了。

好在少数先知先觉开始炒房的人收房一年多没怎么涨，着急卖，而且还有多套可选，于是我们差不多以一手的价钱买了个二手房。

我们已在现在的房子住了17年，一直觉得很安心。

最初邻居都是陌生人，但孩子们在院里玩耍相熟，青梅竹马，父母借由孩子之故相识相交，不少邻居成了很好的朋友。孩子上小学放学早，我们上班没法接，一直都是邻居帮忙接。

曾经的邻居，工作转到了香港，虽然在那边租着房，但一直没舍得把北京的房子卖了，因为她儿子总惦记着放假了就马上回北京，这儿有他最好的朋友。

乔迁之路，回忆中不止有房屋的琐屑，更多的是一个个生动的面容。最初的室友，已失联多年，如果有机会再见，想来还会如当初一样亲密随意吧！

菜际关系

大学某室友迄今为止没有进过厨房，她总是一脸困惑地说：搞不清菜际关系！

菜的搭配，正如人的往来。英国人与人交往，总是保持距离，仔细观察，谨慎选择，到头来还是孤独的牧羊人。中国人则是先混在一起，再以群分，一辈子不混进大小组织就是人生 loser。

就像英国人的 fish and chips，鱼是鱼，薯条是薯条，柠檬是柠檬，有界线、有距离，就算用来和谐的酱汁，也不是浇或拌，而是有节制地、微微地蘸着吃。

中国菜却讲究刀工，讲究烹调，讲究搭配，生命已息，搭配不止。北方人还嫌粘不到一块儿，再勾上芡，仿佛非得如此才够味儿。

因此中国人的麻烦是绞成一团，人际关系比较琐碎。英国人的麻烦则是孤独，孤独，容易抑郁。

窃以为中国菜的高妙之处有三：一是粗料精做，物尽其用；

二是烹调多样，变幻无穷；三是混搭有道，讲究悟性。

先说物尽其用。顺德人讲究一鱼多吃。一条水库大头鱼，鱼头煲豆腐，鱼片炒菜心，碎肉做成鱼茸粥，鱼皮凉拌，鱼肠煎蛋，鱼骨和鱼腩酥炸，鱼尾豉油蒸，一转眼变出一桌菜。

又如北京的卤煮，肺头、肥肠都是临扔了又捡回来，用小 30 种药料卤煮透了，和着腐乳、辣油、韭菜花汁，庙堂之高，江湖之远，都有爱着这口的。

还有凤爪、鹅掌、鱼唇、划水、花胶，等等，但凡能下嘴的，没有丢掉的理。甚而由于边角料处理起来费事，在时间就是金钱的当下，喧宾夺主之势愈演愈烈。

传说帝都的艺术咖们、IT 腕们、盖茨比们等复杂的各式人等，肯出席入座林依轮的家宴，只为林亲手秘制的卤大肠。

再说说烹调。韩国人一向喜欢在电视剧中晒厨房、晒餐桌，但看来看去就是一桌子辣小菜，捧着一方烤肉架子，外加个海带汤。日料也差不多，不是生鱼就是寿喜锅。好处呢，一是易于保持厨房的洁净，二是有限的手艺极致化就容易上升到文化的层面。

中餐就复杂得多，煲、炖、蒸、煮、炆、炒、煎、焗、燀，每样都在乎火候，没有个三年五年出不了师。火候的把握最难量化，颇有一期一会的架势。锅头灶台有禅意，师傅领进门，修行在个人，炉火纯青的境界恐怕只是用来靠近而不是实现的。

最后是搭配。文学作品里的美食，重点是在搭配。比如《红楼梦》里的茄鲞，就是茄丁，辅以鸡脯子肉、香菌、新笋、蘑菇、五香腐干、各色干果丁儿，用鸡汤煨干，香油一收，糟油一拌，放瓷坛子里靠时间料理而成。

西晋张季鹰为思念家乡的莼菜鲈鱼羹辞官归故里。但只有这两味似乎稍显不足，李渔研究出来的"四美羹"，则是清虚妙物陆之蕈（菌）、水之莼，和以蟹之黄、鱼之肋，不仅讲究搭配，还讲究用料部位，格调连升三级。

做菜如做人，需要一点天分，一点想象，更多的则在于个人修为。既要有对生活的勃勃兴致，又兼具与人为善、愿意照拂别人的情谊。透过复杂的菜际关系，可以窥见修身根本。

林文月、汪曾祺、王世襄是学人中精于做菜的。林文月因要照顾家，继而兼顾到师长朋友，饭桌成了最好的沙龙。王世襄因夫人秉持"君子远庖厨"的祖训而自愿承担中馈之责，买菜做饭反成了他很大的乐趣，厨艺之精湛深得嘴刁文人的欢心。

境外作家来访，北京文联常会安排在汪曾祺家宴会。老头儿用干贝吊汤煮的干丝，聂华苓连汤全喝干。某次炒的云南干巴菌，吃剩一点点，作家陈怡真要用塑料袋包了带回宾馆吃。老头儿出国，也被作家朋友们当家人一样款待。

嗟夫！修身，齐家，做菜！

地铁人生

没有车位的 8 个月，我重启了地铁人生。

既然是通勤手段，一卡通就成为必需，有卡在手，降低排队买票的焦虑度，憨豆先生优越感油然而生。而且每月累计满 100 元后，每天都能享受八折优惠。

6 毛钱也是小确幸，实在是生活中难得有什么惊喜！

北京的地铁，一如既往的坏人假设，人、物都要安检。刷卡，闸口才能打开。10 月去日本，注意到地铁闸口恰恰相反，正常是开着的，只有企图不刷卡通过，弹簧门才会闭合。显然后者更利于乘客迅速通过，也减少弹簧门的损耗。

威慑，是最重要的，至于弹簧门的频繁开闭，并没有谁痛心。

一号线是最古老的线路，早高峰人潮汹涌。同向地铁间隔两分钟，反向间隔 1 分钟，大铁龙你来我往源源不断，将通勤族送到复兴门站台，若琢磨等一等人散了好轻松下到站台，那真是痴心妄想。到达站台前的最后一段台阶，永远挤满出站人流，需

> "THE TRUE CREATOR IS NECESSITY, WHO IS THE MOTHER OF OUR INVENTION"

地铁人生（原画作者：Marissa 孟）

要强行靠左往下走。路，是没有的，得挤出来。前进，前进，前进……进！终于下到站台，并没有多少人等候上车，喘口气，欣慰！

车来了，门开了，通勤族喷涌而出，小小的车厢如何容纳了这许多人？大概是小鲜肉更有弹性吧！

车站协管一声高过一声地吆喝："先下，先下，下来再上去！""先下后上！先下后上！""快上快上，关门了！"

偶尔有一个占据门口的人死活不肯下来，没有任何东西可攀可据，双手乱舞，以一敌多，硬是没有被人流冲下来。这只能归结为意志力，抑或执念。在南礼士路费了九牛二虎之力挤上车，让他有了人定胜天的妄念。

金融街的吸纳力很强，吸走了五分之三的人，空出了三分之一的车厢，轻松上车总会带来瞬间的幸福感。

早高峰的地铁以年轻人为主，比起站台的激烈和嘈杂，车厢里出奇地安静。所有人都面无表情，透着大都市的见多识广和面对冷峻竞争的若无其事。

90%的人在看手机，大部分人都在追剧，沉浸在华美的历史长河中，胡歌、孙俪呼之欲出，拥挤的地铁和他们毫不相干。我不看手机，我享受脑袋空空的悠然时光。

广播突然响起，"本次列车没有空调，如果您感到不适，请及时下车等候下趟列车……"在窒息之前终于到站，出站，我站在风中，散一散人味。

下班时间不定，晚间的地铁丰富得多。结伴而行的同事交流着理财心得，"美元，早换了……"脸上的表情乍暖还寒。

疲惫的母亲正在给孩子打电话："作业写完了？乖。李老师说明天小队长竞选，你准备一下啊！什么？中队委还有复活机会，那你好好争取啊！"

一个圆鼓鼓的小人儿，不满放眼望去都是人腿，扭来扭去要站在座位上，母亲赶紧掏出手机塞给他。

衣着讲究的男人和女人，背着大大的公文袋，提着"原麦山丘"，矜持而冷淡，徒劳地想和别人拉开距离。

并不见乞讨和卖艺的人，大概早晚高峰穿过黏稠的人流需要消耗过多的体力，不值当。

一个戴眼镜神情坚毅的女子拿着一张纸牌，上面有图片和二维码，"我自己做的健康午餐，请关注好吗？"不理她的人，正在琢磨自己的创业计划……

大学同学在南加州的一个小镇定居工作，去年带几个美国同事到北京研发中心工作三个月。年轻的美国人被北京晃得眼花缭乱，并深深爱上了北京地铁。无他，人多啊！

闲话旗袍

张爱玲在《更衣记》中记述：一九二一年，五族共和之后，女人为追求男女平权，摒弃自古以来的"三绺梳头，两截穿衣"的规矩，一水儿穿起了旗袍。旗袍初流行时是严冷方正的大袍子，具有清教徒的风格，远不如袄裤随身妩媚。

历经社会变迁和人物更迭，旗袍慢慢演变成烘云托月般描摹女性曲线，并最终定位为妩媚端庄，陪衬独立自主的新女性形象，出门可应对各种场景，居家也不觉得突兀。衣服是为人服务的，而不是人屈从于衣服，从这点看，旗袍演进的观念比其本身更有国际范儿。

旗袍讲究面料，讲究做工，但这不是最重要的，最重要的是人的姿态。

旗袍的面料，不宜太挺括，太硬会模糊女性的特质；也不能太柔软飘逸，太飘逸了没法体现旗袍的典雅端庄。譬如云锦，美则美矣，制成旗袍就太厚重，没有个一品二品的撑不起来，欧根

阮玲玉的旗袍装已经成为一个时代的符号

纱太挺括，乔其纱太没筋骨。窃以为丝织的缎料最适合缝制旗袍，比如库缎、真丝缎，恰到好处的质感，既利于勾画线条，又利于整体晕染，柔而有骨，加之天然的丝光微微摇曳，不招摇，也不至于冷淡。丝绒则很挑人，用好了，如第二层肌肤，千娇百媚，用不好，老气横秋。

进化后的旗袍，为勾勒女性线条而生，所以量体裁衣最重要。最好用熟悉的裁缝，手工精湛，了解主顾的习性和审美，绲边、刺绣、盘扣，都靠纯手工完成，选料和制作过程加入了很多耐心

叶浅予作旗袍图

和趣味，无形中就有了中国式的禅意。可惜工业现代化以来，国人迅速失却了耐心，也失去了审美，毫不吝惜地摒弃了传统手工，现在想找回好的裁缝和绣工不是易事。就说两点：一是大部分商品都是机器绣花或半手工绣花（手推绣花），没有了手绣的生动性，索然无趣；二是为了批量生产，大多"改良"为 A 型或茧型，成了不伦不类的 new look。上海花园饭店后街倒还有几家裁缝店专做旗袍，其中一家有位老先生约 80 岁了，拜访过，感觉老人家似乎只是偶尔被摆放在店里做活招牌的。

最后说说姿态。旗袍生长的土壤含蓄而又抒情，不像美国的裸露和奔放，也不似北欧的禁欲和无情，旗袍只适合中国人。2015 年纽约大都会艺术博物馆慈善舞会（Met Ball）主题是"镜花水月"中国风，"歪果仁"穿上中国风之后不幸变成了"黎山老母"和"锦绣老妪"。作为联合主席的巩俐穿一身镂空蕾丝点缀的丝绒长旗袍，高贵典雅，温婉大气，可惜这么好的设计和做工出自 Roberto Cavalli。旗袍的立领需要微昂头颈，因此也不适合常年低头的日本人。

穿旗袍，如巩俐一般秾纤得衷、修短合度自然好，但最重要的不是胖瘦，而是姿态，是气质。比如宋美龄，既没削肩，又没柳腰，但常年旗袍的她依然颇有上善若水之质。比如林海音，虽然中年发福了，高领抵住了双下巴，但脸上的温婉大气完全配合了旗袍之美。有人会说圆润符合中国式审美，纤瘦的女子不适合穿旗袍，但《花样年华》中的张曼玉让大部分女子在影院中做起了旗袍梦。穿旗袍，需要挺拔的身姿，更需要闲适的意趣；需要环境的配合，更需要文化的浸润。

趁着春日正好，何不置身旗袍？

大理看花无去来

　　大理的花儿，气质独特！大约因气候温润，山川灵秀，山又高，天又阔，没什么范儿拘着，遂都长成了自由自在的模样。

　　十二月初，冬樱从坝子到山坡次第开放。大理樱花，不似日本樱花的矜持内敛、素淡哀伤。无论冬樱或春樱，一律着色浓烈，热情奔放，仿佛不肯辜负了高原灿烂的阳光。

　　看冬樱最好的去处是南涧无量山，无量山因气候环境和台湾南投相近，多年前就有台湾茶商到无量山开辟茶园种高山茶。因大理日照太强，为给茶树遮阴就配套种植了高盆樱桃（冬樱）。没想到十多年过去了，茶园变成了樱花谷。爱，并不总被时间消磨，也会随默默守望而绽放。无量山的冬樱，虽因种植之故规整了些，但有山高天阔的映衬，又怒放在无争的季节，无论伴着晨雾还是月光，总让人一见倾心，怦然心动。

　　蜡梅似乎是种清寂的花，她并非蔷薇科的"梅"，自没有那些花儿的娇媚，但小小的花有深沉的香，经得起岁月的推敲。大理的寺观，似乎都植有蜡梅，好像要在沧桑的冬日里给追问前生来世的人一些暖意、一点启示。人生的绚烂与丰足是偶然，不必呼告，不必祈求，不必哀痛。人生只是过客，舒展与自适才是日日的修为。

春节前后，花呼啦啦全开了。大理的花儿虽多，花魁却独属茶花。茶花既有娴雅的风度，又有野性的气质，表面坚毅、高贵，内心真挚、丰沛，带着始终未被驯化的叛逆，正是大理的代表。野生的山茶多是单瓣，但花型独特，叶和花瓣都颇有质感，似乎有与生俱来的生机和力量，插花时利于独行。

"山茶流红"的胜景则要移步巍宝山，主君阁内有一株明末清初种植的"桂叶银红"，树龄已有400多年，是现今存世最高的山茶花，每年花开上千朵，花大如碗，赤如胭脂，犹如半

巍宝山桂叶银红茶花，是目前存世最高的茶花，树龄超过400年

大理茶花之玛瑙

大理茶花之恨天高

大理茶花之朱砂紫袍

空红云。

　　若无机会爬山，则一定要去串门，大理古城，家家种茶花，花朵硕大繁复，层层叠叠，丝缎般的质感，红有红的浓烈，白有白的纯粹。"玛瑙""雪塔""松子鳞""恨天高""童子面""朱砂紫袍""九心十八瓣"……个个都是风格美人，朵朵都是怒放的生命。

　　木瓜海棠也是独特的花品，蔷薇科木瓜属，和西府海棠同属蔷薇科，但后者是苹果属。西府海棠飘逸柔美，袅袅娜娜，似大家闺秀，花开花落都极雅，特供文人墨客寄怀咏叹！木瓜海棠则枝干硬朗，有短枝刺，萼片直立，花朵小而热烈，生机勃勃，完全是自然里的野丫头，绝不随风飘落，有一种不自知而动人的天

酸木瓜花

酸木瓜花

鸡足山木莲花

点苍山之高山杜鹃

然美。

大理四景，"上关花，下关风，苍山雪，洱海月"。上关花是滇藏木兰，因花瓣如莲，也称木莲花，"佛种灵苗"，自古就作为吉祥树种引入庵寺庭院。木莲花属于第四纪冰期植物，对环境要求较高，随气候人口变化，已从上关消失。木莲花因稀有、美丽、富含禅意而珍贵，爱花人可前往永平金光寺和鸡足山祝圣寺观赏。

永平金光寺以"深山藏古寺，胜境出奇花"闻名，寺内有四株明代所植古木莲，每年相约开放，花朵月白中带些粉红，超凡脱俗。

今年春节，陪远道来大理的朋友上了一趟鸡足山。大约因鸡年之故，祝圣寺香火尤其兴旺，摩肩接踵的人跪在佛前要这要那，想想终是蒙昧未开。遂同友人前往虚云老和尚墓前看花。祝圣寺的古木莲开得并不繁盛，树干高大古拙遒劲，树枝飘逸，花朵的颜色粉中带些纯粹的红，星星点点，柔美空灵，不像开在树枝上，倒像飘在佛光中，让人正心，使人沉静，领悟真正的美好绝非强求，更无须占有。

六月入了夏，看花就要进山了。点苍山有 19 峰，最高海拔4122 米，山体高大，气候垂直分布明显。东坡从洱海到山巅可分为北亚热带、暖温带、中温带、寒温带及高原亚寒带五种气候类型。

苍山花事是个完整闭环，但夏日最盛。6 月初，海拔 2700 米的玉带路旁，雪白的云上杜鹃成了当家花旦，不媚俗也不寡淡，青裙玉面，翩翩起舞。3800 米苍山自然中心周围，乳黄杜鹃进入

苍山西坡大树杜鹃

点苍山大树杜鹃

山里的精灵们——野花

了盛花期，在古老地质景观映衬下，轰轰烈烈地绽成花海。海拔3920米，"山巅之湖"洗马潭水恰似一颗蓝宝石，在天色变幻中熠熠生辉，湖边有好几种杜鹃喁喁细语，闭上眼就能听见花开的声音。

从中海拔到高海拔，还有很多罕见的野花，五颜六色，千姿百态，开成自己想开的样子。如果说坝子里的花是自由自在的野丫头，那么高山的花儿无疑是出世的精灵了，她们是大山的守护神，不染一尘，无忧无虑，花开花落只是精灵们一时兴起的游戏。

李清照诗里的桂花是清高的："暗淡轻黄体性柔，情疏迹远只香留。何须浅碧轻红色，自是花中第一流。"大理的桂花却是日常的，温暖的。大理人家很喜欢在门前庭院种植桂花，深宅大院有，山居民宅也有。穿过青石板路，循着悠然的香味儿，绕过夯土墙，忽见繁华满树，心中欢喜蓦然升腾。老品种金桂，色泽金黄，香味不浓不淡不远不近，既不过分欢腾，也不盲目寡淡。"朗月当庭影亦香"，昭示一种不拘不浪、自我完善的通透人生。

孜孜矻矻的人生，不知不觉自顾自套上了一层层黄金的枷锁。高了低了多了少了厚了薄了，难免让我们忽喜忽悲。年轻的想法总觉得只要一直努力一直奋斗，终会让我们获得自由，所谓财务的自由、身心的自由。没想明白的是那一刻并不会到来，真正的自由正是要在日常中蜕掉这一层层的黄金枷锁。

自然是谜团，也是答案。心动一瞬，竹杖芒鞋，去大理看看那些自由自在的花儿吧！

男人的魔幻，女人的现实

"多年以后，面对行刑队，奥雷里亚诺·布恩迪亚上校将会想起父亲带他去见识冰块的那个遥远的下午……"

一句话完成过去现在未来时空的魔幻交错，一向被奉为写作经典。但马尔克斯老师傅也许只想预示，那像钻石一样晶莹剔透的神奇冰块，就像男人的各种魔幻追求，终将……化为乌有。

抵抗孤独

《百年孤独》中有抵抗孤独的各种生存法则，穿越时空，在地球的每个角落，我们的孤独和抗拒孤独的法子，并没有什么新花样。

第一代：

何塞·阿尔卡迪奥·布恩迪亚：带原罪的创始人，沉溺研发，从执拗的智者变成智慧的疯子。

乌尔苏拉：联合创始人，真挚包容，幼吾幼以及人之幼，生

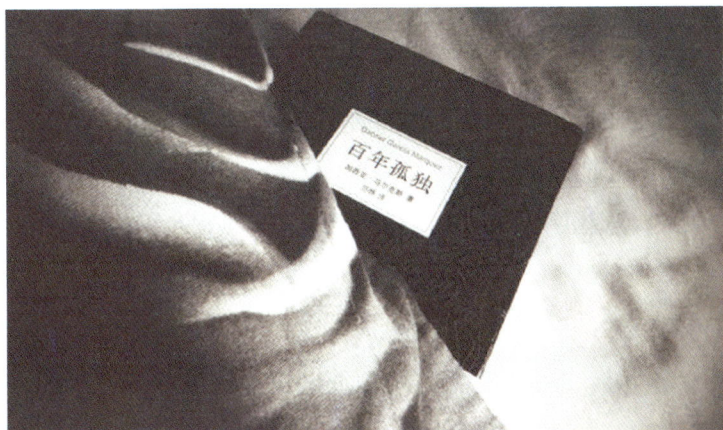

《百年孤独》书影

意兴隆的烘焙工坊创业者。

第二代：

何塞·阿尔卡迪奥：荷尔蒙爆炸，"世界这么大，我想去看看"。环游世界 65 次后赤贫返家。

奥雷里亚诺·布恩迪亚上校：技艺高超的金银匠，革命将领，回归做金鱼化金鱼治疗恐惧，初心不再。

丽贝卡：在吃土—爱情—吃土—情爱中自我疗愈。

阿玛兰妲：拥有罕见的感受力和温柔，在爱与自责的夹缝中付出一生。

第三代：

阿尔卡：梦想靠机会得来的权力摆脱恐惧，任性胡来，被枪决。

奥雷里亚诺·何塞：从军当水手开小差闲游浪荡，轻于鸿毛的死引发了二次起义。

17个奥雷里亚诺：全都强壮而能干，被出生，被标识，被消灭。

第四代：

蕾梅黛丝：惊人美貌，赤子之心，不知孤独。

何塞第二：斗鸡开航道当监工变身工会主席，追随上校沉沦。

奥雷里亚诺第二：好运来好运走二人合伙企业，娱乐到底。

第五代；

梅梅（蕾娜塔）：缺乏天赋但单纯可亲的古钢琴师，被母亲培养，被母亲毁灭。

何塞·阿尔卡迪奥：反家族柔弱，在假装通往教皇的路上晃膀子。

阿玛兰妲·乌尔苏拉：孤独的向光面，集热情勇气美貌能力于一身的完美女人，生命短暂但可歌可泣。

第六代：

奥雷里亚诺：强健的身体＋智者的心灵，基因被编辑过的理想男人，却终于掉进了命运的泥沼。

第七代：

奥雷里亚诺（诺德里哥）：唯一在爱的孕育中降生的孩子，来不及孤独。

创始人阿尔卡迪奥认为"爱情是瘟疫"，他和乌尔苏拉牢不可破的婚姻不是基于爱，而是基于共同的良心谴责。家族的孤独源于爱的缺乏，除了第七代，一代又一代的孩子只是 product 而不是 miracle，越热闹越寂寞，最终逃不出孤独的宿命。

男人的魔幻

阿尔卡迪奥·布恩迪亚是揪着马耳朵就能把马掀翻的精壮男人，是兼具智力、勇气、能力、魅力和公正的开拓者、领导人，有科学家的忘我精神，无可动摇的决心，有无限的好奇心和进取心。

他能通过观测和独立研究发现地球是圆的，梦想着靠科学的方式比吉卜赛人的飞毯飞得更高。"他天马行空的想象一向超出大自然的创造，甚至超越了奇迹和魔法。"和智者梅尔吉亚德斯有超越生死的深厚友情。

创始人为未知的事物心醉神迷，固执任性，常陷入虚无缥缈的玄想。"世上正发生着不可思议的事，就在河的另一边，各种魔法机器应有尽有，而我们却还像个驴子一样活着"。

他从一场狂热投入下一场狂热，建功立业的雄心迅速在磁铁迷狂、天文验算、炼金梦幻、机械沉溺、无神验证以及见识世上奇观的热望中消磨殆尽。在巨大热情反复受到沉重打击中为梦想而窒息，终于在对时间和空间的终极追问中发了疯。

阿尔卡迪奥就是踩着尼古拉·特斯拉肩膀奔向火星的埃隆·马

斯克啊！只是现在的人们见多识广，狂人终成 ICON，而像乌尔苏拉一样正经贩卖和改造现实的企业家却被讥讽骗女人钱、小孩钱和病人钱。

即使被绑在栗树下，阿尔卡迪奥也是智慧的疯子，他狡黠地用理性主义的种种策略动摇企图来动摇他的神父，并拒绝和神父下西洋跳棋。"既然都同意遵守规则，两个对手如何还能争斗？"神父惊叹于他的睿智，唯恐信仰被颠覆而逃之夭夭。

时间打磨一切，阿尔卡迪奥最终在栗树下的风吹日晒中放弃执着，在温顺与超然中走向了死亡。

从第二代起，貌似阿尔卡迪奥的两面性遗传给了不同的孩子。所有叫何塞的都身壮如牛，延续香火，他们冲动任性，富于事业心，但有悲剧色彩。所有叫奥雷里亚诺的都头脑敏锐，性格孤僻，富于洞察力，带着神秘庄严的气息。

只有第五代的双生子相反，他俩儿时自作主张互换了身份。

奥雷里亚诺·布恩迪亚上校貌似七代世系里最有荣光的人物，他打了二十年仗，发动了三十二场武装起义，躲过了十四次暗杀，七十三次伏击和一次枪决，成为神一样存在的自由党领袖。唯一受的伤是签署停战协议后给了自己一枪，却又在医生预设的杰作中死里逃生。

但老年的乌尔苏拉以非凡的洞察力发现，她所疼爱的儿子并非由于战争的摧残丧失对家人的情感，实际上他从未爱过任何人，包括令他找到生存意义的妻子、战争中的无数情人和 18 个儿子。他是将军也是诗人，但他并非为理想发动战争，也非因疲倦放弃胜利，他的成功和失败都源于纯粹罪恶的自大！

布恩迪亚上校不过是一个无力去爱的人，他一生中唯一的短暂美好时光是小妻子蕾梅黛丝带来的，但他只是纯粹的受益者。

第三代阿尔卡完成了香火的承上启下，他努力想通过获得权力、滥用权力建立小王国，摆脱童年起就纠缠不休的恐惧，甚至摆脱家族姓氏。他发布轻率无理的推特，实行毫无必要的铁腕，直到面对行刑队，他才发现权力带来的安全感和像煞有介事的死亡一样可笑，发现自己多么热爱那些他恨得最深的家人，带着对生命和亲人的无限留恋死去。

双生子奥雷里亚诺第二实际上是何塞第二，他任性冲动，翻山越岭娶回"一见钟情"的美貌"女王"，却在新婚就发现只是给家族带回一副镀金的礼教枷锁。

好在奥二乐观和享乐的天性拯救了他，他和志同道合的情人开办畜牧和彩票事业，用赚到的大把钱资助何二开辟不切实际的航道，支援堂叔修筑铁路，把整个小镇折腾得天翻地覆。

伴随着战争和香蕉殖民带来的城镇衰败，二人合伙企业最终在四年十一个月零两天的暴雨中破了产。年老体衰的合伙人仍然拼了老命，自己忍饥挨饿照顾家人直到生命的最后一刻。

上天对老合伙人慷慨心灵的回报是让他们在贫寒劳苦中找回了比年轻时更甜美的爱情。

第六代私生子奥雷里亚诺·布恩迪亚出生和长大的环境最悲惨最恶劣，但他似乎继承了创始人身体和智慧的双面优点。他从不控诉原生家庭的种种不幸，对各种侮辱和伤害都漫不经心，随手抛弃。

尽管被囚禁在家里，对现实世界一无所知，但他通过自学掌握了英语、法语、拉丁语、希腊语和梵语，达到了中世纪智者的全部智识，具有罕见的智慧和难以理解的博学。

"凡事皆可知"，只要你是那块料！

家族里终于有男人具备了爱的能力，可惜理想男人最终在挚爱难产死去后破译了羊皮卷，找到了自己可悲的身世和魔幻的命运，一切都随风而去。

女人的现实

男人一味推倒历史重来，而女人们不仅维系人间不致断绝烟火，还总是理智而坚韧地支撑整个世界，以免被破坏殆尽。

阿城说："世间颓丧的多是男子，女子少有颓丧。女子在世俗中特别韧，为什么？因为女子有母性。因为要养育，母性极其坚韧，韧到有侠气。这种侠气亦是妩媚，世间一等一的妩媚。"

乌尔苏拉活了120多岁。她身材娇小，面容严肃，一丝不苟，意志坚定，精力过人，百折不挠，始终脚踏大地。她竭尽全力让零件不断脱落的家庭照常运转，"只要让我活着，这个尽出疯子的家里就缺不了钱"。

当阿尔卡迪奥在小屋里神游世界和苦思冥想的时候，乌尔苏拉和孩子们在菜园里累得直不起腰，照料香蕉、海芋、木薯、山药、南瓜和茄子。当乌尔苏拉既有战略又有战术地为一大家子人吃苦受累盖房子时，丈夫却在忙着用照相机捕捉上帝的影子。

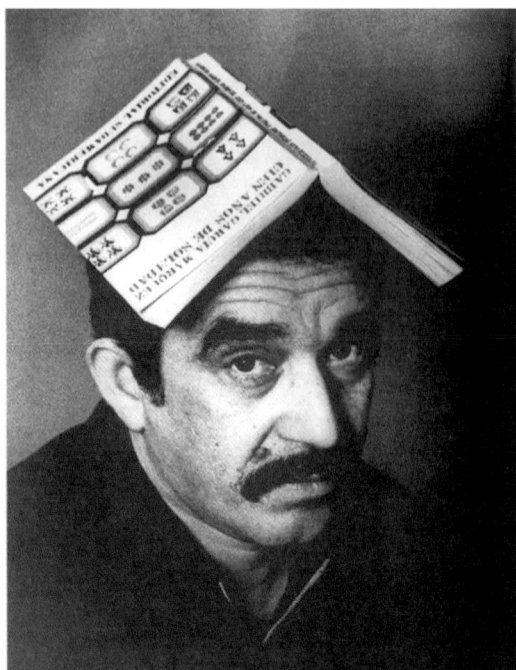

—— 马尔克斯

她将自己的宝贵嫁妆，30 多枚殖民地金币挖出来给丈夫做炼金创业，并非内心被发财前景所激荡诱惑，而是不想在没有风投的时代，让丈夫陷入缺乏启动资金的绝望。

乌尔苏拉高尚大气，好客又慷慨，并具有非凡的领导力。她在镇子失控时鞭打阿尔卡，直接接手管理。在法庭上用庄严的哀伤为保守党市长慷慨辩护：诸位把这可怕的游戏玩得很认真，履行了职责，但只要我们活着，就还是母亲，只要你们没规矩，就有权脱了你们的裤子打一顿。

女儿阿玛兰妲表面的铁石心肠曾令母亲恐惧和痛苦，但乌尔苏拉最终洞见女儿才是世界上从没有过的最温柔的女人，她使意大利优雅美男子遭受不公平的折磨，让马尔克斯上校徒劳地等待，不是报复，不是怨恨，而是无穷的爱意和无法战胜的胆怯间的殊死较量。阿玛兰妲最终在完成对大人孩子的悉心照料后坦然离世。

世间最美好的女子该是儿媳蕾梅黛丝，她有百合般的肌肤和翡翠般的眼睛，刚到青春期就迅速从孩童转变成了自然得体的新娘，表现出强烈的责任感，大方的仪态以及面对逆境仍波澜不惊的控制力。

她欢快的活力溢出房间，像生机盎然的和风吹过秋海棠长廊。她把结婚蛋糕中最好的一块切下来，端给疯了的阿尔卡迪奥，自此担负起了照顾疯子的繁重任务。她母性的本能不仅令乌尔苏拉惊讶不已，也填满了奥雷里亚诺天生的孤独，让他找到了生存的意义。

家族最大的遗憾，是蕾梅黛丝 14 岁时带着双胞胎身孕死于意外，变成了银版相片上的老祖母。

编外特尔内拉、养女丽贝卡和长着豹子一样眼睛的编外佩特拉科特斯情感都有粗俗的一面，但他们有旺盛的生命力，慷慨的心灵，炽热的情感和无畏的勇气，这些都是乌尔苏拉的后代们求之不得的品质。

儿媳妇费尔南达的现实是殖民遗存和白手起家的错位肉搏。她是家族由盛而衰阶段的外来主妇，甚至被何塞第二认为她的各种教条抱怨是家族衰落的罪魁祸首。她因为婚姻脱离了家徒四壁的贵族虚幻，被抛进了毫无粉饰的残酷现实。

费尔南达出生于阴风惨惨的城市，暮气沉沉的家宅，她是死板的天主教徒，公爵的教女，美貌高贵又端庄。她的父亲通过不断变卖家里最后的遗存，花了 8 年的时间让她接受了女王预备役培训。她会用拉丁语作诗，弹奏古钢琴，与绅士谈鹰猎术，和主教论护教学，向外邦君主阐述人间政务，为教皇阐释天国事宜。

若没有唐顿庄园祖传的越来越苍白的无所事事，纠结于亚麻桌布花枝烛台和繁复银餐具，不过是教人套上黄金枷锁，挣扎半天，却连金子的边也摸不着。

用刀叉矜持地剥吃半根香蕉的撒娇教学视频和跪拜用银托盘端上 Wi-Fi 密码的半路贵族显然和费尔南达不在同一档次，她出身名门望族，有权在签名中列出 11 个半岛最古老的姓氏，是整个马孔多唯一能自如运用 16 套餐具的人。

可惜奥二实在忍受不了她的抱怨和牢骚，奋起反击，"那么多的刀叉和汤匙，比起基督徒，百足虫用着更合适！"

压倒费尔南达的不是家族由盛而衰带来的操劳，"靠几个小钱维持用大头针撑起的家"，而是她自己陈腐的矜持、遮掩不住的虚荣和狭隘的心胸，自大、虚伪、冷酷而荒谬，她是吐槽大会千年难遇的嘉宾。刻有家族纹章的金便盆最后被儿子变卖，不幸被发现只有纹章部分是金的。

第五代阿玛兰妲·乌尔苏拉带来了重振家宅的勃勃希望，她像乌尔苏拉一样身材娇小，不知疲倦，拥有第四代蕾梅黛丝一样的美貌和诱惑力，天真直率，无拘无束，像第二代小妻子蕾梅黛丝一样欢快乐观，春风和畅。

年轻的阿玛兰妲遗传了家族的强健体魄和敏锐头脑，受过良好的现代教育，精通音乐艺术和时尚，具有罕见的情爱天赋，但同时也遗传了勤勉但且做且毁的祖传恶习。

她追随内心召唤，从布鲁塞尔的优渥生活回到世界边缘的马孔多，忙碌而陶醉，将所有陈腐和虚伪彻底摒弃，凭一己之力把摇摇欲坠的家宅变成了爱的天堂。

美好而坚韧的生命终因产后大出血烟消云散，但抛开不科学的命运安排，小阿玛兰妲遵从内心的当下，活得无比灿烂。

《百年孤独》的精髓

马师傅觉得那些煞有介事的评论家坐下来高谈阔论一部反严肃小说的那种严肃，让他心烦。

恰如书中那个美貌非常，家徒四壁却被当作女王一样教养长大的安第斯女人费尔南达，像波哥大一样严肃得可怖，带着与生俱来的道德偏见，具有把一切趣味扼杀的破坏力。

加勒比地区是哥伦比亚唯一不严肃的地方。

尤其将近结尾的时候，马师傅有明显的游戏态度，戏弄人们，塞入私人笑话和给朋友的秘密信息。这和昆汀的电影一样，那些精彩的人性对峙，那些你死我活的血腥打拼，都随着导演时不时地冒泡，草草收场，化为乌有。

马孔多不是一个封闭的边缘小镇，正相反，她在一轮轮的开放中被折腾得眼花缭乱，精疲力竭。早期吉卜赛人带来了马其顿人、阿姆斯特丹犹太人、葡萄牙人和法国人的发明创造，后期吉卜赛人带来了杂耍和娱乐，阿拉伯人带来了商业，意大利人带来了艺术，西班牙人带来了文化，美国人带来了盖茨比喧嚣。

家族从不拒绝客人的来访，最终体魄强健的，心灵手巧的，聪明智慧的，吃苦耐劳的，勇敢坚强的，光彩照人的……徒劳而巨大的奋斗，全都 gone with the wind！

你不能说他虎头蛇尾，只是写书的人是为给自己童年所经受的全部体验寻找一个完美无缺的文学归宿，读书的人就不要去苦苦追寻什么严肃的意义了。毕竟对世界和自己的适度嘲讽才是与生命和解的自在态度。

《百年孤独》不是关于那个遥远的马孔多，也不是拉丁美洲的百年戏剧总和，而是关于无所不在的孤独，作为爱的另一面的孤独，作为团结的另一面的孤独。

孤独，源于爱的缺乏。一切一切的挫败，皆源于此。

马孔多被飓风席卷而去，布恩迪亚家族最后的血脉也终结了，白茫茫一片真干净！

世界已经进步到5G8D，但那些魔幻，那些现实，跨越时空，还在世界各地隆重上演，车轮貌似轰隆隆滚滚向前，但在爱与团结上，并没有多少进步，依然围追堵截，依然挪腾闪躲，依然一盘散沙。

人类对自己与世界关系的认识，还在原地打转。

对魔幻与现实的双重调侃，以及语言想象力的繁茂，让这本

"孩子气的""不正经的"书读起来特别有意思，有意思的极致就是看完一遍马上想重读一遍。

马师傅是用形象和语言变戏法的人，《百年孤独》让读者沉浸在无边的色香味中，身临其境。不一定美好，但异常丰富。比如半神半人的梅尔吉亚德斯，裹在一团愁云惨雾里，带着氯化汞的味道，特尔内拉有诱惑力的烟味，乌尔苏拉让人心安的罗勒清香，蕾梅黛丝的致命体香，费尔南达自带槽点的乏味……

梅梅的情人马乌里肖，总是和一群翻飞的黄蝴蝶同来同往，而创始人何塞·阿尔卡迪奥·布恩迪亚死的时候，为躲避失眠症逃走多年的印第安王子卡塔乌雷突然出现，为的是来参加王的葬礼。漫天黄花如细雨下了一整夜，铺满了整条街道……

苏联的一个老太太把《百年孤独》手抄了一遍，因为她想知道："究竟是谁真正发了狂，是作者还是我！"

《百年孤独》的魔幻和现实没有过期，马师傅对笔下不幸人物的深切悲悯唤起了我们对爱情对人道，对想象力对快活生命的向往和渴望。

掩卷默思：孜孜矻矻的追求，以及那些对孩子不切实际的期望和过度教养，是否早已偏离了初心，那些珍爱，是否已在计计较较中失不再来。

我们内心的珍珠，似乎已长久忘记滋养，永远失去了容光！

疫情中的人生琐事

　　1927 年 12 月，鲁迅先生在《小杂感》里写道："楼下一个男人病得要死，那间壁的一家唱着留声机；对面是弄孩子。楼上有两人狂笑；还有打牌声。河中的船上有女人哭着她死去的母亲。""人类的悲欢并不相通，我只觉得他们吵闹。"

　　这段话很冷漠。也许先生在写《小杂感》的时候身体很健康，手边有太多重要的事情在进行，觉得和凡夫俗子的悲欢并不相通，只觉得厌烦。

　　鲁迅先生后来写过一段话，非常温情，非常有诗意，"无穷的远方，无数的人们，都和我有关"。

　　那是 1936 年，鲁迅的病情加重，8 月，写下了《这也是生活》。夜里醒来，叫醒许广平，要喝水，要开灯，要看来看去地看一下。许广平以为先生在讲昏话，端来了茶，但没有开灯。

　　"街灯的光穿窗而入，屋子里显出微明，我大略一看，熟识的墙壁，壁端的棱线，熟识的书堆，堆边的未订的画集，外面的进行着的夜，无穷的远方，无数的人们，都和我有关。我存在着，我在生活，我将生活下去。"

10月，鲁迅先生去世。

疫情三年了，我们失去了勇往直前的环境，工作、生活、亲人、心灵、身体都经历了"静置"的压力，身体"卷不动"，心里又"躺不平"。

失速的日子，我们到底干了什么？我们所关注的除了海那边的魔法机器和掌控未来的人，是不是还重视了身边人、手边事；我们的心灵是不是多少由"坚毅冷漠"变得"温暖慈悲"；我们是不是留意了生活本身，注意到人生除了梦想还有平常生活的枝枝叶叶，意识到"删夷枝叶的人，决定得不到花果。"我们是否能克服对未来的担心和忧惧，意识到珍惜今天才是给自己和亲人的最好礼物。

工作

我们的成年生活，从时间和精力看，大部分被工作占有。不管你搬的是金砖还是土砖，本质上都是搬砖劳工。我们靠努力工作谋生，赡养老人，抚养孩子，寻求社会地位，完成自我期许。

对绝大部分人而言，工作，都不是通往自由和梦想的阶梯，而是人生最为艰辛的部分。越成功，肩上的担子越重。最成功的，都是天降大任，被命运攫住的人。

埃隆·马斯克被请求对"聪明的年轻人想成为马斯克"给点建议时，第一反应是：如果年轻人真正了解做我这样的人要面对

在人来人往的拥挤街道浪迹天涯

什么，他们还想成为我这样的吗？

人人奋斗推动了社会的发展和进步，但与人类的至善和幸福并不相关。

失速的日子，我们的工作不可避免地受到影响，甚至挫败。从前更容易达成的业绩、目标变得困难重重，曾经的顺风顺水转眼变成了风险和不良，而不良的时间换空间变得遥遥无期没有指望。

时间来不及理解，也不会停留。不能作为，觉得三年的时间很难熬；没有成就，又觉得三年飞也似的过去了。

被迫慢下来，让我们对自己与世界的关系有了重新评估的契机。我们意识到自己并没有不世出的才华，但工作，不论是自雇还是打工，都是我们和世界的一个重要连接。

这种持续连接让我们获得一种平衡，一种稳定感，获得处理复杂事务的能力。我们通过这种连接的反馈修正自己，更好地认识自己并与他人和世界相处。通过洞察更复杂的人性使我们变得深刻、丰富且包容。这种复杂性是人生的魅力所在。

慢下来迫使我们少做梦，多脚踏实地。艰辛的工作稀有走向成功，但一定会让我们成长。而成长，能让我们保持前行的希望和过活的热忱，让我们直面打击、遭遇挫败的时候有个保底，不至于仓惶。

资产

疫情三年，大部分家庭都经历了一轮资产缩水。

2020 年买基金和股票意外赚到的钱，2021、2022 年基本又都赔掉了，更别提 2021、2022 年按捺不住追高入市或补仓救市的接盘侠。

没有时间和精力的人，优选了虽然没了刚兑但仍有硬抵押、硬担保的信托产品。但信托资金，大部分投向房地产开发债。在房地产行业断崖失速情况下，2021 年起，大批到期信托产品已不能兑付，而行业的漫漫严冬又让抵押物的处置周期和潜在损失无形放大。

很多年轻人早早知道不能把鸡蛋放在同一个篮子里，巧妙地把一点积蓄分散投入不同城市不同项目的信托产品。但万万没想到，运篮子的车，翻了。

晴天摇动清江底，晚日浮沉激浪中

买债基的幸运也没能坚持到最后，2022 年尾两周的一大波暴力下跌，浮盈随风而去。买债基的钱，主要是为求稳，会跌的债基，还稳个毛线……

没买股票，基金和信托产品的人多半是迫切需要解决住房问题的年轻人，钱都拿去付了首付。只是顺利收房的幸运儿，发现新盘价格已经跌去不少；更不幸的人，买的期房，烂尾了。

这三年里，资产少有损失的估计是老年人。他们的自住房大部分在位置还不错的市内，抵抗住了房价的下跌；他们的积蓄本来不多，也缺乏理财的能力和冲动，所以安安稳稳地存在银行里。只是通货膨胀也在悄悄消减他们一辈子积蓄的购买力。

有次和一个资深投资人聊天，说起做期货的学长特别勤奋，50 多岁的人了，在行业里浸淫几十年，除了研究和操盘，没有任何爱好，终年无休。资产是否值得托付？朋友说大部分二级市场的投资人都是这样，一是因为热爱才一直坚持，二是吃的苦太多了，就像西西弗推石上山，他的命运是属于他的，他的巨石也是。

在很难赚到钱的市场和时期，专业人士没办法，总要坚守阵地。但普通人，能做的是克服自己的欲望和冲动，能做到不亏，已经跑赢大部分市场和基金经理了。

然而，现实总是比较荒谬，最简单的事往往大部分人都做不到。

更高明的当然是通过观察三年下行的经济和市场，提升自己的政策敏锐度，提高资产配置的判断力。春天总归是要来的，只要春天来的时候，你还有本钱。

相聚

每次诵读杜甫的《赠卫八处士》都会动容。

> 人生不相见，动如参与商。
>
> 今夕复何夕，共此灯烛光。
>
> 少壮能几时，鬓发各已苍。
>
> 访旧半为鬼，惊呼热中肠。
>
> 焉知二十载，重上君子堂。
>
> 昔别君未婚，儿女忽成行。
>
> 怡然敬父执，问我来何方。
>
> 问答乃未已，儿女罗酒浆。

家宴

夜雨翦春韭，新炊间黄粱。

主称会面难，一举累十觞。

十觞亦不醉，感子故意长。

明日隔山岳，世事两茫茫。

人生的悲欣交集，都在一桌家宴中！

圣人忘情，最下不及情，情之所钟正在我辈。人到中年，还能保有聚散深情，那种情谊，是平凡人生的财富，也是不可或缺的慰藉。

最近三年，因为疫情影响，很少外出就餐，但家宴还断断续续开着。好好吃饭，人间值得。

在疫情消停的日子，周末总有一天三五好友餐叙。好朋友回京或离京，孩子们归家或离家，通常就会多一点人相聚。而我，正是那个厨娘。

我常常自称"社恐"，本意是不愿和人瞎扯，但朋友家人的聚会，我就很愿意张罗。

老友相聚，总有说不完的话题，比如戏称的"小啤酒的夏天，行业研讨会"。那天炖了当归黄芪牦牛骨清汤，提前一天做了老花雕熟醉罗氏虾和四喜烤麸，现做了双椒爆炒雪花牛肉，菌油炒西蓝花苔，桃仁芦笋烩虾仁和半亩园（毛豆炒玉米粒），并提供了精酿啤酒。7个人，刚好够吃，不辛苦，也不浪费。

大家从时事、行业动荡说到读书、电影，热闹而丰富。朋友们乐意表达自己的认知和观点，讨论但不争论，如果有人赞同"初衷是好的"，不同意的人也会说"高中，就不好了"。和而不同的氛围给大家带来愉快的放松时光，而交流又能拓宽我们的眼界，修正我们的偏狭，避免在自己的小逻辑圈里愤懑和争吵。

特里林（Lionel Rrilling）在《知性乃道德责任》里说："思想总是晚来一步，诚实的糊涂却从不迟到；理解总是稍显滞后，正义而混乱的愤怒却一马当先；想法总是姗姗来迟，幼稚的道德说教却捷足先登。"仅仅因为见解和立场问题拔刀相向的人，就不应该聚在一起。

中秋家宴，是为感谢朋友帮另一个好朋友的母亲找专家做诊断。我们这一辈子，最无助的时候就是亲人病重，能够互相支持互相帮助也是人生的一种缘分。

　　记得我提前一天向京深海鲜市场熟识的福建老板娘订鱼虾，老板娘已经爆单，沙哑着嗓子吼我："你朋友已经帮你下订了，你可别再买重了。"

　　那天 8 个人，阴米猪肚煲、啫啫胡椒笋壳鱼和葱姜炒蟹都很出彩，能亲做一桌家宴代朋友致谢，正是下厨房的价值。

　　2022 年初儿子回国，在广州汉庭酒店隔离了整整 21 天，回家没多久又要离家。那天来了不少大小朋友，凑巧朋友从江阴递了刀鱼馅和馄饨皮来，大家一起动手包了刀鱼馄饨。厨娘我还一手包办了拌三丝、四喜烤麸、白灼基围虾、椒麻三鲜、玫瑰豉油

阴米猪肚煲

啫啫胡椒笋壳鱼

鸡和年糕烧鲳鱼，并以儿子爱吃的香椿小卤面收尾，希望儿子离家的日子里长长久久惦记着家的味道。

无酒不成席。我自己不懂酒，但也会预备一点有趣的酒给朋友们，比如三花四麦的精酿、工作室做的青梅酒，更多的时候是朋友们自己带着酒来。比如老邻居 M 先生，就每次都带着自己的IPA 小啤酒来，吃完饭再自饮一听溜溜缝。M 先生有痛风症，但这毫不妨碍他享受生活。

为什么医生中反而吸烟饮酒的比较多，想来一是医生工作比较辛苦，需要放松解乏，二是医生最明白人迟早都要挂掉，再小心谨慎也避免不了，不如随性地过好每一天。

鸡汤刀鱼 馄饨

白灼基围虾

玫瑰豉油鸡

年糕烧鲳鱼

香椿小卤面

这一年也有糗了的时候，3月某个周日中午，计划为朋友接风洗尘，因为人多预定了好多食材，并在周六已经做好卤味和醉虾。没想突然被通知自己是次密接，欢聚戛然而止，只留我默默独吃了一周好酒好菜。

旅行

疫情三年，会有比较多的时候被要求非必要不离京。作为帝都老百姓，当然还是要识大体顾大局。但三年这么长，还是有断断续续的一些时间可以在国内旅行。

2020年6月，朋友相邀，我和女儿小狮子临时加入了一个滇

云上之城——墨脱 / Billy Yeung 摄

倚象山茶园壮阔云海

南游学团。我们在澜沧考察了安缦酒店的选址、设计、运营以及音乐小镇以及茶叶储藏交易仓的开发建设；还在景迈山原住民家住了一晚，喝烤茶、吃家宴；探秘景迈古茶林，和老达保的老人孩子们一起唱歌跳舞；并一路去了孟连和西盟，最后在普洱倚象山的茶园酒店遇见如梦似幻的壮阔云海。

美好的遇见可以消解日常咬啮性的烦恼！这趟旅行小狮子的感受就是：There are more things in heaven and earth than you've ever dream of。

十一假期，我和小狮子以及一个女友去了上海、杭州、宁波和普陀。我们缺乏特别妥帖的旅行计划，但人少行动灵活，在上海看看莫奈和浮世绘的展览，在杭州住法云古村心仪的酒店，探

墨脱，雅江果果糖大拐弯＼陈彦摄

墨脱飞车回林芝，一日有四季，十里不同天

访良渚文化和杭州博物馆。走走停停，寻亲访友，最后一天在宁波还被隔空相识素昧平生的一家子盛情招待。

那个时候，旅行还比较自由。这样的旅行，是紧绷日子里的一束光，让心变得丰盈透亮。

2021年3月底，我紧急办了边防证，去朝阳医院做了核酸检测（那是我疫情以来第一次做核酸），临时加入了大学同学在广州纠集的一个小旅行团。

飞到林芝，翻越色季拉山口到波密，翻越嘎瓦龙雪山到墨脱，并在墨脱沿雅鲁藏布江徒步22公里。自然美景的层次肌理，地理要素的丰富多变，让人目不暇接，生机勃勃的田野和满山漫谷的桃花，也让人感动。波密到墨脱的路，非常难走，回程还赶上大雪天，但藏族司机温和笃定，让人放心。

行前比较仓促，没做任何筹备，还好我们都是地理人，有基本的身体底子，有良好的地理素养，并始终有穿越地平线的渴望。大家都不拘小节，专注旅行的本质，这样的队伍比较好带。最后一晚，已从北京移居大理的师妹还驾车赶到了林芝，只为和大家见一面。

在林芝住在师弟的营地。师弟勇哥是北京爷，是特别热爱自然、崇尚自由的另类地理人。大山大湖始终在召唤他，他终于扎根在了西藏。勇哥之前在阿里扎达的营地运营得比较顺利，2019年下决心投资建了林芝营地，营地2020年已完工，但因为疫情一直拖到2021年3月才开张。那个时候大家都还比较乐观，觉得春天已经来了，情况马上就会好转。

3月林芝 / 老匠 摄

但是没想到，难的日子在后头！

2021 年其实还是时松时紧的一年。十一我还回大理陪父母在喜洲、祥云就近游玩，两位 80 后兴致很好，仿佛没有疫情一般。

2022 年，我一直都没能离京⋯⋯

一年，对劳工只是难熬，但对旅行餐饮相关的小企业，就是生死。

电影

静默的日子，看了很多电影和剧。

"买书如山倒，看书如抽丝"。可能是年龄的关系，这两年读书没那么快，也没那么专注了。读书当然是好的，可以无限扩大自己的师友圈，丰富自己的精神世界。精神富足，心里的世界自然比较广阔，应对现实的韧劲也就更好。

美国有个评论家布鲁姆（Harold Bloom）说："我们都害怕孤独、发疯、死亡，莎士比亚和惠特曼也无法让我们不怕，但他们带来了光和火。"阅读，让我们提升理性的同时还能保有深情。

电影不是消遣，比起读书，电影的好处是更为丰富，也更为省时。除了文字带给你的哲思，还有影像带来的视觉感染。你可以了解不同时代不同地域的人类故事，而我们知道的人类故事越多，对世界的偏见也就越小。

我看电影通常会按某位导演或某位演员的线索找片，我看小津安二郎克制的柔情，也看博格曼痛苦的思索，看昆汀演绎人生的荒谬，也看伍迪艾伦如何一步步患上话痨综合征。

潮起潮又落，人生亦如是

剧也看了一些。《柯明斯基理论》，老年人怎么维持体面；《无罪之最》，年轻人如何越过天坑；《真相捕捉》，河对岸的 AI 魔法已经掌控了一切，而我们还在为毫无意义的对错吵翻了天；《请回答 1988》，养儿育女真是太艰辛漫长了，但我们还是想拥有几个鸡飞狗跳的孩子。

有些电影看完了，我又重新拿起了书，《日瓦戈医生》《布拉格之春》和《那不勒斯四部曲》（已拍完三部），我都重读了一遍原著。特殊时期，你对轻与重、灵与肉以至于伟大的进军都会有全新的感受。

罗素说：爱是明智的，恨是愚蠢的。在连接日益紧密的世界，总会有不同的观点，我们必须学会容忍彼此，只有这样我们才有可能共存，而不是共亡。

爱，关乎人类的至善和幸福，也关乎你我是否真正拥有应对日常的力量和勇气。

无穷的远方，无数的人们，都和我有关。我们之所以在不完美的世界里对艰辛的人生还始终抱有热忱和希望，是因为在暗黑的背景下，总有闪闪发光的人。而我们的内心深处，也想努力成为这样的人。

生死

疫情三年，眼见朋友们陆续送走亲人。

好友 MM 的母亲是我们都敬佩的女性，14 岁从军当文艺兵，

行到水穷处，坐看云起时

其他小兵忙于玩耍娱乐的时间，她全部用来读书学习，从一个话剧演员成长为影视剧编剧、制片人，指挥千军万马，是最早的女将军之一，人生完成度很高。

2020 年十一假期，大家带着孩子们在 MM 家相聚烧烤，伯母那时已经被病痛折磨，人消瘦了很多，但精神还很健旺，笑声爽朗，和晚辈讲"勤奋，是事业的基础；诚信，是做人的根本"。

随后的一年多，眼见伯母一天天衰弱，直至失去认知。而 MM 在家、医院和单位间奔波，困于核酸，也困于隔离。这期间没有多少心思去抱怨哀伤，有太多的实际问题等待处理，有艰难的选择需要决定，唯有孤勇。

最后的日子，MM 把母亲接回家，衣不解带，亲侍母亲。

纵有万般不舍，还是挽不住亲人的离去。MM 为母亲制作了一个小视频，从笑靥如花的少女，到英姿飒爽的女将军，从奋斗一生，到儿孙绕膝，再到生命一点点流逝……

"在心碎中认清遗憾，生命漫长也短暂"。"长路辗转离合悲欢，人聚又人散"。我们对父母的最好报答，是记得父母的坚韧和良善。好好地勇敢地活下去！

2022 年 12 月，大学同学 ZL 也送走了母亲，她的告别中满满都是温暖的回忆：父母离开北京去西藏工作 22 年，又去了济南，退休后才回到北京。母亲作为芸芸众生中的普通人，年轻时聪明美丽，脾气急躁；晚年变得温和友善，平易近人；得了阿兹海默症后，更是经常微笑唱歌。

ZL 母亲去世前不再进水，不再下床，想来是人生圆满，心愿

向前跑，带着赤子的骄傲 / 小白 摄

已了。家人议定不再送母亲去医院，想让妈妈在家人陪伴下平静离去。最后，两个女儿亲自为母亲换装梳头化妆，外孙为阿婆抬棺尽孝。

父母和子女，终有缘分尽了的一天，好好地送别，记得父母的恩情，把爱默默传递下去。

朋友圈里也看到不少年轻的同事添了宝宝。有的宝宝在放开的混乱中平安出生，有的宝宝阳康后迎来了满月蛋糕，还有好多宝宝，在阳康后学会了抬头、会坐、会站、会跑了，好奇地审视镜中的自己和色彩斑斓的世界，意识到了自己的力量。新手父母，也迎来了观察人类的欣喜。

新生，带来无尽的欢欣和希望。为了我们的孩子，我们一定不要放弃让世界变得更好的努力。

未央

2023 年元旦，三里屯、什刹海迎来了突如其来的热闹，青年、孩子们率先打破了闷局。

三年大疫，不是放开就能结束。以后较长时间，我们大概率还会生活在疫情常态化中。1918 年的西班牙大流感，直到 1930 年还余韵未了。

照顾好自己和家人，期盼有更好的预防和治疗手段出现，并能普惠民生。

生活和工作，还是要努力回到正轨。我们这一生，不可能有

什刹海冰场／朱绛 摄

欢欣／王洁摄

完全妥帖的时候，我们需要的只是爱和勇气，接得住命运抛给我们的一切。

得与失，本是一体两面。不要太在意自我，在意得失，不要害怕去爱，去担当，要滚烫地过活，去探索更多的生命边界。

"此心此生无憾，生命的火已点燃"。

图片来源：
unsplash.com
红英、朱绛、Billy Yeung、小白、老匠、王洁、陈彦